有個秘密，叫初戀

All about Love —— 30

When We Touched the Starlight

by 袁晞

很久很久以前

之一．星星

「——你說笑吧？」

沈顥庭背靠著欄杆，跟趴在欄杆上的我剛好相反。

「我沒說笑。」我嚼著口香糖，有點後悔沒買薄荷口味。

「你認真的？」

「嗯啊。」

「……等等，所以你的意思是，不管下一個來跟你告白的或者送情書的女生是誰，不管她長什麼樣子今年幾歲，是天仙美女還是恐龍妹，你啥都不問，就要和她交往——是這個意思嗎？」

「沒想到你理解力比我想像中好。」我淡淡地答了句。

沈顥庭瞪著我，「你瘋了嗎？」

「沒啊。」

「那幹嘛這樣？」
「就，覺得很煩啊。」
「幹！你那叫人氣好不好，有什麼好煩的，全校男生誰不羨慕你啊？！」
「——樊書俊就不羨慕。」
沈顥庭沒想到我會反嗆，呆了呆，「欸，話是這樣說沒錯，但是高冷樊書俊跟你俊俏陸星宇是我們所有男生怨恨的對象，誰不眼紅你們天天被告白啊。」
雖然我不認識樊書俊，但我相信同樣被視為校草的樊書俊，一定跟我一樣被各式各樣來路不明的女生煩到想揍人。
「那又怎樣？」
「意思就是，你們應該好好從眾多仰慕者中挑一個最漂亮可愛的交往啊，幹嘛講那什麼傻話？」
我盯著中庭，「我就是被什麼數不清的仰慕者搞到很煩，這樣很難懂嗎？我什麼也沒做耶，就一堆女生衝過來好像我欠了她們什麼似的，好像我不回應她們的告白就十惡不赦。」
「不是……按照你的說法，那如果今天是校長老母還是五歲小女生來跟你告白，你也要同意？」

我點點頭，「我說了——總之呢，下一個來跟我告白的女生，不管她是誰，任何條件，就算長得比我高二十公分大二十歲重二十公斤都OK，我照單全收。」

沈顥庭無法理解地搖頭，「你這是在自我懲罰吧。」

「至少我從此以後只需要面對一個女生，而不是一票女生。」

我不否認我在賭氣。

而且還一點都沒考慮這麼任性的後果。

身為絕大部分女生心目中的萬人迷，理論上應該要沾沾自喜，利用這點優勢好好談戀愛；但我，一點也不覺得高興或得意。每個出現在我面前的女孩子，總是為了我的外貌，卻沒有人真的理解我是誰，她們追求的是一種虛榮感，為的是跟「很帥的人」交往，而不是跟「我」交往。

那些只在遠處看過我幾眼的人，對我一無所知的人，天天出現在我面前，拿著情書還是小禮物，紅著臉告白，說喜歡我。到底，妳們是喜歡我什麼呢？說不出來吧？也不過就只是看上這張漂亮的臉罷了。

那麼，如果這臉有朝一日不漂亮了，是不是妳們就直接轉身離我而去呢？

「——欸欸，姓陸的，你剛剛說的話百分百當真？」沈顥庭突然離開欄杆，使勁拍著我。

我揮開他的手，「幹嘛，你什麼時候見過我說話不算話了。」

「那太好了——你，未來的女朋友，出現了。」

「什麼啊？」

順著沈顥庭的眼光看過去，在距離我一公尺多的地方，有個矮而圓的女孩子，手上拿著一封信，帶著雀斑和尷尬表情站在我面前。

女孩子有著光滑如海豚般的額頭和引人注目的長睫毛。

原來是她啊。

嗯、正好呢。

「你、你好，」她清脆的聲音不大，帶著濃重的緊張，「這個，請你收下。」

我雙手抱胸，「這是什麼？」

她陡地羞紅臉，但並沒有猶豫，「——告白信。」

「好。」我主動伸手從她手中抽走，卻意外發現她緊緊捏著信，「——不是要給我，幹嘛不放手？」

「我、我……我話還沒說完，」她深吸了一口氣，羽扇般的睫毛顫動著，

「請你看完後給答覆，行嗎？」

我打開信封抽出信紙晃了兩下，朝她揚起笑，「好——嗯、信寫得很好，我接受。」

事實上我根本不知道那封信裡寫了什麼，而眼前的女孩，以及走廊上所有人，全都以比平常放大三倍的眼睛瞪著我。

我清了清喉嚨，給出溫柔的笑，「……我說，我接受。所以，那就交往吧。」

然後，那個女孩像是被一拳擊中腹肚般，微微地前傾了身體，目測看來她差不多只到我肩膀吧。她發出像貓咪一樣的嗚咽聲，然後轉身跑走了。

「——喂！喂！」我試著叫住她，但她像球一般滾遠了。

我看著矮而圓、有著海豚額頭又發出貓咪嗚咽聲的女孩背影，無奈地攤了攤手。

——我可以理解妳很震驚，但走之前，妳至少該告訴妳男朋友我妳的名字吧？

之二・女孩

並不是每個人都會這樣做。

所謂的「這樣做」裡包含幾件事：

一、跟好朋友喜歡上同個男生；

二、因為是好朋友，所以毫不猶豫就決定什麼都不說，不讓好朋友知道；

三、幫文筆實在不太行的好朋友寫情書——好吧，其實是剛好能夠把自己的心情寫出來，只是好朋友不知道而已；

四、被名聲很響亮、如果被拒絕很丟臉的好朋友拜託，替她送情書給那個男生。

嗯，相信大部分的人都會覺得我很奇怪。

老實說，我的確不覺得自己正常到哪裡去。

可是如果靜下心來想想，大家一定可以理解（？）我之所以這麼做的理由了。

理由一樣可以條列得很清楚：

一、是好朋友先喜歡上那個男生。我之所以也喜歡上他，是因為跟著好朋友老是注意那個男生，經過某次事件還發現那個男生其實人很好……所以，最後我也不知不覺喜歡上他了。該怎麼說呢，有點被升火推坑（誤）的感覺。

二、是友情，好朋友是對我很好的人，不可以傷害她。

三、是現實，好朋友是本校校花，對方是本校校草，無論如何都是他們登對。我再怎麼厚顏無恥也不至於覺得校草跟我站在一起會比較搭。

至於幫好朋友寫情書送情書嘛……

既然她都拜託了，反正我也早就打算把這份喜歡藏好，那麼，幫好朋友一個忙，自然是理所當然的啦，對不對？

事實上，這其實是我想了很久很久之後，覺得最好的選擇。

我不想厚著臉皮去進行不可能的告白，也不是很擅長壓抑自己的心情，再加上好朋友某天就這樣突然在飲料店前告訴我她決定要主動告白，這一切一切讓我覺得，自己的喜歡，並不應該讓任何人知道，不該添亂。

我一直都記得她那天拉著我，在手搖杯飲料店前等飲料時，那欲言又止的表情。我也同樣記得，聽到好朋友說出她最後終於決定要進行告白時，那種既矛盾又理解的心情。

基於上述這些理由，此刻的我，正上氣不接下氣地瘋狂奔跑著——之前大隊接力時都沒跑得這麼認真。

因為，就在剛剛，我帶著必死的決心，像個戰地裡的小郵差，冒著生命危險漫天烽火，勇敢地送信去了，而結果卻完全出乎意料——不，也不能說出乎意料——應該說，往我們希望、但卻很詭異的方向發展了。

那個男生，「他」，說好。

竟然就這麼說「好」、竟然就這麼說「那就交往吧」——

我沒聽錯吧？但是，怎麼可能呢？他雖然打開信封、也拿出了信，可是明明連看都沒看一眼，竟然就這樣答應？這到底是怎麼一回事？我不懂啊。

該不會是惡作劇吧？！一時興起的惡作劇什麼的。

我轉了個彎，差點撞到迎面而來的人，接著繼續往樓上跑。

——他該不會，早就知道那封信是誰要給他的吧？

一定是這樣，要不然，才不會就這麼爽快答應。

不行，得馬上、立即告訴菲菲才行、我這次、算是史上最成功紅娘了吧！

雖然說，任何人都會覺得我所做的事非常詭異——替好朋友寫告白信、送告白信給自己也同樣喜歡的男生。

真的不行了、好喘……

「哇！妳在幹嘛？！」

當我衝回教室時，因為差點剎不了車，結果就這樣撲在正好走到後門的菲菲身上。我順手抓住菲菲的衣袖，上氣不接下氣。

「陸、陸、陸星宇……」

菲菲眼珠一轉，隨即把我拉出教室，「噓——小聲點！」

「抱、抱歉，我太激動了。」

菲菲拉著我衝向沒什麼人走動，通往教具室的樓梯間。她看了看四周確定沒什麼人之後，也不管已經打鐘，問道，「看妳的樣子，陸星宇看信了對吧？」

我撫著胸口大力點頭，「對！」

菲菲焦急地問，「那他怎麼說？他知道我是誰嗎？對我有印象嗎？那封信他應該不知道是妳寫的吧？！」

「不、不知道……」我彎下腰，深吸了幾口氣，說道，「這個、答案、對應全部——」

菲菲也彎下腰，湊近我，「什麼意思？」

「陸星宇，拿了信，打開，我覺得他根本沒看，就說好，交往吧。」菲菲刷地站直身，我也慢慢調勻呼吸，接著說道，「我有種，他根本是在耍人的感覺。」

菲菲轉身開始踱步，被譽為我們聖林高中第一美女的菲菲，即使思考也可愛到不行，賞心悅目啊。

「……所以，他沒看信？」

「他拿出信，揮了兩下，應該沒看到內容。」好險沒看，那信的內容是我替菲菲寫的，她只負責簽名，我超怕會被拆穿。

「這太奇怪了，如果他沒看信，就不知道是我要向他告白吧。」菲菲轉頭看向我，「那為什麼要答應呢？」

「說得沒錯，所以，我在想，是不是他早就知道我會替妳送信去呢？」

菲菲搖頭，「不可能，這件事只有我們兩個知道。我不會說，妳更不會說，陸星宇哪可能預先知道我要向他告白。」

這我也百思不得其解，「可是，他真的看都沒看，就說好、要交往。」

菲菲思忖半刻，「他有跟妳說別的話嗎？那時旁邊還有人在吧？」

「這個嘛……因為他根本沒看信就說要交往，所以我當時嚇到了，轉身就跑……他好像有試圖叫住我，叫了兩三聲『喂』這樣。」我靜下心想了想，「啊，他的好朋友跟他一起，那個也滿有名的、學生會會長、庭什麼的，也在旁邊。」
「沈顥庭。」
「對對，他有在旁邊。」
「那，沈顥庭也沒說什麼嗎？」
我搖搖頭，「沒有。好吧其實我太緊張了，真的什麼都沒注意到。」
菲菲拉住我，「不好意思，這次真的辛苦妳了。妳也知道，如果是我自己去告白，萬一被打槍的話，那我真的會成為全校大八卦的……」
我反握住菲菲的手，「我知道啊，所以我不是替妳去了嗎？反正、就算被打槍，大家也不會想到跟妳有關。」
菲菲垂下眼，「總覺得對妳很不好意思。」
「姊妹耶，幹嘛這樣～」
「可是這樣大家就會誤以為妳喜歡陸星宇了。」
我心中一震，但故作輕鬆地聳聳肩，「首先，這間學校裡的女生要嘛暗戀陸星宇，要嘛喜歡樊書俊，大家都一樣啦；再來，反正沒有人會在意像我這種平凡女生喜歡誰的。」
「……」菲菲沉默了一會兒，微笑，「不過，陸星宇……他到底在想什麼呢？明明不知道是誰向他告白，就這麼答應……」

「啊知……」我說道，「我還是覺得他應該已經知道是妳，才會想都沒想就答應吧。」

菲菲忽然攬住我，取笑，「但是，也有可能他對妳一見鍾情，所以不必看信，就爽快答應交往啦。」

最好是一見鍾情啦！雖然陸星宇一定不記得我，但其實之前我曾經跟他講過話，還一起做了某件事。

「欸李瑾菲，我不顧面子替妳跑腿送情書，妳竟然酸我，妳這樣對嗎？」我有點生氣，甩開她。如果我不喜歡他，什麼玩笑也就算了，但偏偏——這才讓我更不舒服。只是，菲菲什麼都不知道，我也不能責怪她，要生，也只能生自己的氣。

菲菲馬上道歉，「對不起啦，我心情很亂很複雜，所以才這樣開玩笑的。真的對不起。」

我這時才想起，「欸這之後再講，上課很久了快回教室，這堂是數學，我可不想被叫上去解題。」

「我們就說妳是陪我去保健室，這樣就好啦。」菲菲挽著我，「反正數學課完就午休了，到時我們好好討論一下吧。」

之三・星星

「李、瑾、菲。」沈顥庭替我唸出信上的署名，大感意外，「不對吧！」

「什麼不對？你對我女朋友的名字有意見？」

「我對這名字沒有意見，只是覺得很有問題。」沈顥庭皺眉，「李瑾菲耶，她可是我們聖林的校花，我看過她好幾次，超可愛的，她還上過高校雜誌什麼的封面，跟剛剛那個女生長得完全不同啊。」

我把信拿回來，看了一眼，字是挺漂亮的。

「你的意思是，她不是李瑾菲？」

「哪個她？」

「我女朋友。」

沈顥庭翻了翻白眼，「不好笑。現在根本搞不清楚這是怎麼一回事。」

「有什麼搞不清楚的，她來告白，我答應了，那就交往——這樣很難懂嗎？」

「可是她不是李瑾菲啊。」

「她為什麼要是李瑾菲？」我反問。說實話我對李瑾菲這個名字有印象，但卻不知道她是何方神聖。

「喂，一個是校花，另一個是豆花，哪會沒差——」沈顥庭忽然叫道，「啊！我知道了！」

「你又知道什麼了？」

「那個女生——來送信的那個——絕對是李瑾菲的跟班，不會錯的！」

我皺眉，「告白不親自來，還要差遣人家送信，你的意思是這樣？」

沈顥庭點點頭，「你不覺得很合理嗎？李瑾菲再怎麼說也是風雲人物，如果親自來告白，還被你當眾打槍，這樣她還要活嗎？」

「缺乏誠意。」我想起剛剛那個額頭像海豚般光滑，又會發出貓咪嗚咽聲的女孩子，「……難道只是跑腿的？」

「你說那個送信的女生？那當然啊，我覺得應該就像我猜的這樣，八九不離十。」

「沒有別種可能？」

沈顥庭十分肯定，「那個笨女生應該不至於在信上簽個別人的名字吧？而且還不是一般的『別人』，是我們聖林校花。既然如此，那最合理的解釋，就是她替李瑾菲送信跑腿，只是跟班而已——除非——」

「除非什麼？」

「世上沒有那麼剛好的事，除非那個送信來的女生，跟李瑾菲剛好同名同姓。」沈顥庭說道，「要查這個容易，我有全校通訊錄。」

我雙手抱胸，「你為什麼會有那種東西？」

「因為我妹想要跟隔壁班那個高冷沉默樊書俊告白，所以替她弄來的。」

沈顥庭微笑，「我可是學生會會長啊。」

「……濫用職權。」

「不然你以為我費盡心思競選學生會會長是為了什麼？難不成是為了服務大家？別傻了你。反正，查一查就知道我們學校有多少個李瑾菲了。」沈顥庭笑道，「不過，再怎麼想也還是覺得，那女生只是替李瑾菲送信，什麼同名同姓根本是不可能的。」

我冷冷答道，「話別說得太早。」

沈顥庭忽然正經地凝視我，「你很奇怪。」

「哪裡奇怪？」

「一般人應該都會很期待證明告白的是校花而不是豆花，為什麼你好像對校花完全沒反應，反倒是希望證明『不是李瑾菲』，這還不奇怪？」

我嘆了口氣，「校花又怎樣……人的長相並不是一切。」

「對、長相當然不是一切，看我妹就知道了，長那麼可愛結果個性超差心機又重，但是你不能否認，這個世界對好看的人，就是會多給一些寬待和機會。再幼稚一點來說，同樣都是個性不好的人，至少長得漂亮、英俊看起來就舒服點吧。你知道，這就是現實啊。」

我終於笑了，拍了拍沈顥庭的肩，「但是，你不覺得像海豚一樣發亮的額頭很可愛嗎？」

「啊？！」沈顥庭往後退了一步，「什麼油亮亮額頭，拜託你告訴我，你在開玩笑。」

我聳聳肩，「總之，會長大人，既然你出來競選是為了服務自己人，那就拜託你直接幫我約那個『信上的李瑾菲』出來吧。如果送信的女生跟李瑾菲是不同人，也麻煩都幫我約一下。」

「你要幹嘛？」

「要確認一下我女朋友的真實身分——這要求很合理吧。」

沈顥庭倒是義氣為重，「包在我身上！」

之四·女孩

一下課，就看到學生會會長沈顥庭站在教室後門。

奇怪，怎麼一打鐘，這個人就瞬間移動到我們教室來了，明明隔了一棟樓，這速度也太驚人了吧？還是，學生會會長有權不上課，到別班堵人？

我走到菲菲座位旁，輕輕推了下正在照鏡子的她，「陸星宇的死黨來了，那個什麼庭的。」

「欸？！」菲菲扔下鏡子，完全不考慮小鏡子很可能就這麼撞上桌緣碎裂，霍地站起，「在哪？」

我還沒來得及開口，後門那邊就有同學大叫「李瑾菲袁若紫，外找」了。

菲菲是校花，幾乎每天都有人前仆後繼來告白，大家一聽到她被「外找」早就習以為常，但是連我一起被叫出去，卻是從來沒有發生過的事。

我呆了一下，菲菲倒是反應很快，拉著我的手，深吸了口氣，以優雅的姿態走向後門，而我，則因為重心不穩，還撞歪了別人的桌子，真悲哀。

沈顥庭一看到菲菲和我，便露出了然於胸的表情，淺笑，「不好意思，想跟兩位約個時間，聊一聊。」

我跟菲菲互看一眼，都沒出聲。

約菲菲我可以理解，約我幹嘛呢？

沈顥庭續道，「是陸星宇拜託我來的，他本想自己過來，但是怕造成兩位困擾。」

果然是學生會會長，才幾歲而已講話就這麼官腔官調的，好在我上次選舉沒投他。

菲菲沉默了一下，開口，「他上次，收到信之後講的話，是在說笑，是吧？」

沈顥庭輕輕搖頭，「並非如此。只是事情有點複雜，所以他才想跟兩位見個面。」

「複雜？哪裡複雜了？」這次換我提問。

沈顥庭看看菲菲，再看看我，「他搞不清楚，到底誰才是他要交往的對象。」

當然是菲菲啊，信上不是有名字嗎？

雖然說全是我寫的，但至少簽名是菲菲親手簽的。

沒辦法，我寫的草稿她怎麼抄都抄錯，最後只好我寫她簽名了。

「這有什麼不清楚的，信上不是寫很清楚，是李——」我說到一半，菲菲便用力扯了扯我。

她擰眉搖頭，示意我別在這裡說。

我只好把話吞回去。

菲菲鬆開我之後，向沈顥庭說道，「那要約什麼時候？」

「今天或明天放學後，隔壁街的西雅圖咖啡，可以嗎？還是妳們想約其他時間？他沒補習，時間很自由。」

「今天可以，就在西雅圖見吧。」菲菲果決地說道，她的眼中透著一股堅定。

沈顥庭點點頭，「那就這麼說定了，Bye。」

菲菲站在後門那兒，看著沈顥庭的背影，若有所思。

我推推她，「……怎麼了嗎？」

「嗯？喔，沒什麼……」菲菲搖頭，隨即望向我，「欸，阿紫。」

「嗯？」

「妳覺得，陸星宇在想什麼？」

「我哪知道。」大概覺得來送信的人橫看豎看都不像校花吧。唉。

菲菲走回座位，一面說道，「我不是很懂他在想什麼。」

「我們在這邊猜也沒用。」我說道，雖然覺得事情確實有點複雜，而且也不想再度跟陸星宇面對面，但是……

「雖說放學之後就知道了，可是，我現在好焦慮喔，怎麼辦？」

「小姐，第四堂課要考英文單字，妳不覺得先解決眼前的英單比較重要嗎？」

菲菲皺眉嘟嘴，嬌滴滴地說道，「不，陸星宇比較重要，初戀最重要。」

「呵。」我也只能笑了笑，但心裡卻有些悵然。

初戀很重要，可是，要互相喜歡那才是初戀吧，

我這種單戀，還是不適合曝光的那種，就一點也不重要了。

之五．星星

坐在咖啡店裡，桌上攤著已經看過兩遍仍覺得好看的小說，我漫不經心地聽著 MP3 裡的歌。老實說，我沒很喜歡王菲，不過很多歌詞超棒的歌都是她唱的。

運氣好的時候，可以找到翻唱版，可惜不容易。

沈顥庭說我太另類，我只承認我本來就不是一個主流派的人。

只有這種時候我才會感謝我的外貌，如果沒有好看的臉，光只有另類又不主流的個性，我一定會成為被大家霸凌的對象吧。沒辦法，這個社會就是這樣，所有人聚集起來一起霸凌「非我族類」。

會這麼想不是沒原因的。

曾經在班上看過，某個被歸類為邊緣型的女生拿著一本她很喜歡但沒有人氣的小說，於是她被另一票喜歡主流派小說的女生們討厭了。「她怎麼會喜歡那種作者」、「好沒眼光」、「小說當然是要看○○的啦」之類的。說話的人也許很漫不經心，但被說的人卻得有足夠的堅強，被孤立的勇氣，才能繼續看自己喜歡的書。

當然，所謂的「書」也可以套用在偶像音樂電影，甚至食物等任何話題與事物上。

這種事，就是所謂的學校日常。

在學校裡，如果沒有足夠的本錢，最好不要跟其他同學太「不一樣」。

這是我深刻的體認。

「嗨。」一束人影來到我面前，看裙襬是女孩子。

我摘下耳機，起身，眼前是一名有著無比精緻臉孔，玲瓏曲線的少女。

雖然穿著制服，不過特意改短的制服裙讓她露出一雙長腿。

「妳好。」不用問，這當然就是本校校花，李瑾菲——而不是她。

「你好。」

「要喝什麼，我去買。」我說道。

李瑾菲連忙搖頭，「不用不用，我自己買就可以了。」

我看看四周，「只有妳一個人來？」

李瑾菲不置可否，放下書包，「我去買咖啡。」

真的相當漂亮。

如果要以金庸筆下的女主角來形容，大概就是像黃蓉那樣既嬌俏又可愛，而且顯得十分聰明伶俐的類型了。李瑾菲走至櫃檯前，男店員替她結帳時不時偷瞄，整個咖啡店裡有一半的生物都少不了看她幾眼，而她落落大方，早已習慣眾人的注目。

不過，那個有著海豚般光滑額頭、貓咪般聲音、長睫毛的她，怎麼沒來呢？

我坐回椅上，收起耳機和MP3，把看到一半的小說闔上。沒多久，李瑾菲拿著咖啡回來，拉開椅子坐下。李瑾菲有點害羞地捧著咖啡，沒看我。

我不是很喜歡這種尷尬的場合，對我來說只是想搞清楚狀況，於是決定速戰速決，「我收到了一封信，署名是妳，李瑾菲，對吧？」

她還是低著頭，輕輕地嗯了一聲。

「我很好奇，為什麼妳不自己交給我。」

李瑾菲遲疑了幾秒，說道，「阿紫……呃，就是送信去的女生，她說她拿給你就好。我沒多想，就讓她去了。」

所以那個袁若紫（沈顥庭查資料真的很有一套），基本上是個好管閒事的傢伙嗎？

「不管是妳，還是她，都不覺得這件事應該本人親自來才有誠意嗎？」

「……你說得沒錯……但是，阿紫說她去就好……可能是覺得有趣吧，我很緊張，沒有問她理由。」李瑾菲突然抬起頭，如深潭般迷離的眼眸望向我，「對不起，你生氣了嗎？」

我搖搖頭。

那不是生氣，而是失望。

並不十分強烈，但確實存在的。

失望。

後來我那杯咖啡沒喝完。

我告訴李瑾菲，明天中午她就會知道結果，之後便離開了。

原因是我已經知道答案，接下來就只剩履行承諾，沒什麼好多說的。

雖然來到我面前的是她，但她也只不過是不帶任何情感（即使有，也是對李瑾菲的友情）的信使而已。

換個角度想，跟李瑾菲這樣的女孩子在一起應該會很輕鬆吧，怎麼看都是非常聰明伶俐的類型。當然，有著這麼漂亮精緻的臉蛋，對我來說也一定只是好事。再怎麼沒有判斷力的人都知道，李瑾菲才是正確的選擇。

不，說「選擇」並不對，袁若紫並不是選項之一。

她大概，從來就沒想過要成為我的選項，或者，讓我成為她的選項。

之六・女孩

從校門口分開後，菲菲就獨自去了西雅圖赴約。

她說，這樣的場合，她想自己面對。

老實說我的心情有點複雜，一是可以理解菲菲；二是覺得既然答應了沈顥庭，就不該放人鴿子；第三嘛，又覺得去見陸星宇也怪怪的……我不是果決派的人，常常就這麼陷入思考糾結裡，然後錯過了些什麼。

當我看著菲菲穿過路口時，我的心中泛起一絲後悔，然後隨即被自我責難掩蓋。袁若紫，妳這種個性真教人受不了，不是已經決定藏好自己的心情嗎？那還跑去幹嘛？只是多一分被發現的風險而已嘛。

唉。

此刻的心情就像在燠熱悶濕氣候、烏雲密佈但雨卻遲遲未落的夏天午後，穿著不透氣的化纖雨衣一樣讓人不舒服，彷彿一層黏膩緊緊貼在肌膚上，再怎麼甩也甩不去。

等紅綠燈的時候，我對著某家店的玻璃櫥窗解開馬尾，重新綁好，綁得更緊，但也從玻璃的反映看到暑假時遇見的拾荒婆婆。

跟陸星宇一起遇到的。

我轉身走向婆婆，向她打招呼，今天她的推車很空，阿婆推起來並不吃力，不過這也意味著今天的收入並不樂觀。

「啊喲！妹妹妳還記得我喔？」阿婆寫盡滄桑，滿是皺紋的臉上堆滿笑，瞇著眼，「放學啦？上一次真謝謝妳吶！若嘸係妳，那些紙箱不知怎麼辦喔。」

「沒有啦，舉手之勞。」

真的是舉手之勞。

那是在暑期輔導期間發生的事。

其實也就是個沒什麼大不了的夏天，菲菲請假沒來，我跟社團同學打了幾局德州撲克，慘敗之後帶著「幸好沒賭錢」、「話說回來高中生本來就不能賭錢」的感想慢慢走向捷運站，然後，在跟今天同樣的十字路口，碰到了這位婆婆。

婆婆的推車上載著滿滿已壓平的紙箱，正要過馬路，但是固定的塑膠綁帶突然鬆脫，所有紙箱就這樣散在馬路中央。阿婆動作不快，而就快變燈了，我當時也沒多想，就只是過去幫忙拉著阿婆回到人行道上而已。就在我猶豫要不要去移動推車時，燈號變了，而阿婆的推車還在路中。後來，有個同校的男生搶上前，替阿婆拉回推車，還一手抱起了剩餘的紙箱。

那個男生是陸星宇。

跟平常和菲菲一起在遠方觀察的陸星宇完全不同。

後來，阿婆不停道謝，她從口袋裡掏出幾枚銅板要請我跟陸星宇喝飲料，那金額對我或陸星宇來說我想應該不是什麼了不起的數字，很可能連一杯連鎖飲料店的珍珠奶綠都買不了，但那卻是阿婆不知道回收了多少車紙箱才能換來的辛苦錢。

那個當下，我跟陸星宇沒有交談，甚至也沒有交換眼神，便異口同聲地婉拒了，但是阿婆很堅持，一直重複著至少也要請我們一瓶養樂多現在這樣的好孩子不多了之類的。

總之，最後不知為什麼，我跟陸星宇一起把紙箱重新堆回車上，他幫阿婆再次綁好塑膠綁帶。目送阿婆一邊道謝一邊離去後，我回過神，意識到我跟陸星宇手上各有一枚十元銅板，說要讓我們去買自己喜歡的飲料。

他淡淡地開口，「阿婆真是的。」

「收下反而是種尊重跟禮貌吧。」我答了句，把書包揹好。

太陽快下山了。

路口燈號轉綠。

「再見。」我踩上斑馬線，打算回家前順便在超商買個便當。

「……再見。」

在暑假那件事發生前，說真的我也只覺得他有張好看的臉而已，並沒有什麼了不起。但是那天之後，陸星宇這三個字在我心裡的份量變得有一點點不一樣了。

很微妙的不一樣。

然後菲菲持續在一旁忘我地把陸星宇形容得像人世少見的極品那樣，最後的結果就是，我從為了友情不得不陪著朋友「觀察」陸星宇，不知不覺開始認真起來。這種心境上的轉變讓我不禁想起很久很久以前（好吧其實是在我出生前），有一部電影叫《沉默的羔羊》，裡面談論到某起案件的犯案動機——

How do we first start to covet?

We covet what we see every day.

我們是怎樣開始產生慾望的？

我們貪圖那些每天見到的東西。

我相信，如果愛情小說作者知道有人用這兩句恐怖的台詞來形容如何喜歡上某個人，絕對會覺得這傢伙（也就是我）一輩子都不可能當上小說家。

只不過，我的喜歡，確實是這樣日復一日，慢慢的，緩緩的累積而成。

雖然說，此時此刻的我，很後悔沒有在這情緒剛萌芽時就讓它一刀斃命。

跟阿婆寒暄完，我穿過了同個十字路口，接著越過文具店，轉進了一條平常不太走的小巷。印象中，小巷底有家很可愛的甜點店，不知道為什麼，我突然很想很想吃甜甜圈。就是電影裡美國警長桌上一定要放整盒的那種油炸後撒上糖粉的傳統甜甜圈。

那麼、就朝著甜甜圈的方向前進吧。

之七・星星

我很喜歡走甜點店後面的小巷。

那裡全都是日式老房子，附近的圍牆上攀爬著洋紅色的藤本月季，某些季節還可以見到大花紫薇；即使不是花季，圍牆上也總有幾隻懶洋洋的貓咪以淡然眼角餘光向我打招呼。

但今天，一隻貓都沒見到。

戴著耳機，我雙手插在口袋裡，繞過最後一間老房子，看到了她。

以有點好笑的姿勢蹲在地上，腳旁放著那家知名甜點店的盒子，面前開了幾個貓罐頭，而本來在巷弄裡圍牆上的貓咪們，現在全圍在她面前了。

夕陽把她的馬尾染成一種帶火的金色。

我摘下耳機。

「——餵貓比赴約重要，是嗎？」

「噢！」她驚呼了一聲，有點重心不穩地晃了一下，試圖站起。之所以說是試圖，那是因為她搖搖晃晃地，接著喊了聲，「糟糕，腳麻了。」

我想笑，也想伸出手，但沒有。

她很沒氣質地扭動著身體站好，滿臉赭紅，「你、你好。」
「地上那盒，是妳的東西？」
「嗯，甜甜圈。」她臉上寫滿意外，彎腰拿起甜點盒，「要吃嗎？」
「妳還沒回答我。」
「回答什麼？」
「為什麼沒來。」
「喔……」她沉吟了一下，彷彿在思考應該揀選什麼樣的字句，過了一會兒才說，「女主角有去就夠了。」
語畢，她再度蹲下，懷裡抱著甜甜圈，看著猛嗑罐頭的貓咪們。
那動作很難不讓人誤會，誤會她一點都不想看到我。
一般來說，我會轉身離去，不過，今天我不知道自己怎麼了，竟然又開口。
「妳常來餵貓？」
「沒有。我很少走這條路。」她自顧自地說著，「突然很想吃原味甜甜圈，就跑來那家店買。穿過巷子時看到很多貓咪……買完甜甜圈之後還有剩幾十塊，就去路口的超商買罐頭給牠們吃。等牠們吃完，我會把垃圾收走的。」
……誰管妳收不收垃圾了。

「為什麼……」忽然，不太確定我的問題會是什麼。

「嗯？」她抬頭看我，重心依舊不穩，背著夕陽，逆光下她輪廓是淡金色的。

我看著她，考慮了幾秒，「為什麼要替別人送信？」

「……抱歉，」她直接垂下頭，「造成你的困擾了。」

「我問的是理由。」

「因為我去的話，比較不會引人注目。」她乾脆地回答。

「……」

她重新站起，「跟菲菲見完面了嗎？」

「妳想知道什麼？」

她遲疑了一下，搖搖頭，「沒什麼。」然後，又想起甜甜圈，把盒子遞向我，「真的不要嗎？我買了最後的三個。」

我看了眼粉白綠相間的紙盒，「妳本來打算一個人全部吃掉嗎？」

「不是耶。應該說，我沒多想。老闆娘說只剩三個了喔，然後我就都買了。」

「上次在十字路口……」

「嗯？」

「沒事。」

她把目光轉向貓咪們，大家都飽餐一頓了。

地上只有幾個空罐頭，貓咪們各自跳回圍牆上，開始用前腳洗臉。

她拿出超商塑膠袋，裝好空罐。

「那，我先走了。」她說。

「……妳要往哪？」

「芝山站。」

「如果要坐捷運，明德站比較近吧？」

「但是我比較喜歡往芝山站的路。」她很認真地說。

「跟我順路。」其實並沒有。

她有些訝異，「但你不住那方向吧？」

我不禁想到沈顥庭輕而易舉就弄到的資料，「這學校是不是一點隱私都沒有？」

她噗地笑了出來，「因人而異吧。像我的個資就很安全，沒有人想知道。」

氣氛忽地輕鬆起來。

「話說回來，妳怎麼知道我住哪個方向？」

她眼珠轉了轉，「陪菲菲調查過。」

「原來如此。」這就是所謂女生的友情還是閨密嗎？

「應該也有女生在你上學放學時到你家附近埋伏告白過吧。」她閒聊似地說。

她猜得一點都沒錯，我不由得苦笑。

「菲菲她，真的很喜歡你。」她忽然轉頭，看向圍牆上的三色貓，「很喜歡喔。」

「……是嗎？」

「嗯。」

「是少女的初戀喔。」她強調，依舊不看我。

「所以？」

「……你知道麥可・傑克森嗎？」她瞬間換了話題。

我點點頭，「Billie Jean、Beat It 那些。」

她終於看向我，淺笑，「我很喜歡 Smooth Criminal，不過，我現在想起來的是 Billie Jean。」

「是嗎？」

「嗯。」

People always told me be careful of what you do,

人們總是提醒我，注意自己的言行，

And don't go around breaking young girls' hearts......

尤其是別四處傷害年輕女孩的心……

妳想到的，是這段嗎？

「貌合神離各玩各的！銀色情侶假恩愛大盤點！」

「直擊！小天后香閨密會富二代，牽手夜遊只是好朋友？！」

「放電男神偷吃同劇女演員，工作人員三度爆猛料！」

每次只要出現這種標題，內文一定會出現的就是菲菲跟陸星宇。

我收起手上的報紙，覺得在車上看字多的東西實在是個錯誤的決定。

「怎麼啦，看累了？」正在開車的道賢問道，接著他瞄了我手上的娛樂新聞一眼，「——唔，又是李瑾菲跟陸星宇，其他明星情侶是死光了嗎？」

「你這麼說就不對了，下一版也有你跟女模特兒進出飯店的照片啊，大家才沒忘了你啊孫導演。」我故意說道。

道賢微笑，看著我，「妳終於吃醋了嗎？真是太教人感動了。」

「對，我吃醋了，而且還心痛想哭了——不知道這樣大導演你滿意了嗎？」

道賢深深望著我，然後湊近，「妳還是乖乖當編劇吧，這演技實在不行，演員這條路不適合妳。」

「雖然我本來就沒打算當演員……不過，你知道奧斯卡影后凱特．溫絲蕾也被這樣說過嗎？」我反擊道。

「妳喔。呵。」道賢笑了笑，忽然換了話題，「八卦一下。」

「嗯？」

「身為李瑾菲的好朋友，妳可不可以告訴我，她跟陸星宇究竟是怎麼回事？」

「男生原來也這麼八卦嗎？！」我真是服了你。

道賢聳肩，「我們還要半個多小時才到，不聊天要幹嘛？」

「你可以認真看看導航或者跟我聊公事。不然談談新戲也可以。」

「談新戲？剛剛跟製作人、作者開會開得還不夠嗎？饒了我吧。」道賢沒放棄八卦話題，「欸，滿足一下我的好奇心吧。李瑾菲跟好幾個富二代是真的被拍到很多次；陸星宇也好不到哪去，幾乎只要有女明星主動，他都不拒絕——既然這樣，這兩個人，到底為什麼還沒分手啊？」

最好我是會知道。

雖然是好朋友，但其實自從菲菲跟陸星宇進了演藝圈之後，我們的生活就愈來愈沒有交集，從常常聯絡到偶爾聯絡，到現在只有換電話換地址時會收到一下對方的訊息，其實我所知道的菲菲，很可能比大部分的娛樂記者還少了。

不過，這就是長大，不是嗎？

各有各的生活，各有各的世界，偶爾能想起對方，想起以前青澀的歲月，也就是這樣了。再過幾年，很可能連見面時都只剩當年學校的事可聊，畢竟，我們的生活幾乎沒有什麼交集了。

至於菲菲和陸星宇……

我還記得第一次看到菲菲跟什麼澳門賭場大亨被拍到牽手散步時，我是真的嚇呆了，剛買沒多久的漂亮骨瓷杯就這樣落地摔碎，害我掃了一地碎片，心疼不已。

我以為陸星宇跟菲菲像那只摔碎的杯子般玩完了，有些擔心，結果幾天之後陸星宇跟同戲女明星夜半幽會三小時的新聞上報，絲毫不輸菲菲跟賭場大亨。我不知道這算扯平還是算什麼，只感覺這兩個人的問題很可能已經存在好一陣子了。

不過，那始終是菲菲跟陸星宇之間的事；很多時候，媒體跟真相背道而馳，雖然無奈，不過卻已經是常識……

總之，我瞪了道賢一眼，「孫道賢，你現在對我朋友有什麼意見？」

「我不是有意見，我只是好奇。都到這種光明正大各玩各的程度了，其實分手就好了，何必硬拖著。」

我沒好氣地答道，「我哪知道。反正你都說啦，都已經可以光明正大各玩各的，那有沒有分手根本已經沒差了吧。」

道賢不知是故意還是真心，竟然一臉同意，「妳突破盲點了，不愧是阿紫。」

……自從看完了金庸的《天龍八部》後，一聽到有人叫我阿紫，就有種「拜託我才不要像她那麼苦命」的本能抗拒。

那個愛上不屬於自己的人，可悲可惡但又可憐的角色。

連續劇的歌詞總讓我想到她。

獻盡愛　竟是哀

風中化成唏噓句

「菲菲叫了這麼多年改不過來也就算了，拜託你，別再叫我阿紫了。」

「那好吧，我跟大家一樣叫妳『袁老師』吧。」道賢故意裝嚴肅地看著我。

「……算了，你還是叫我阿紫吧。」

「妳也不喜歡我叫妳『若紫』……」道賢扮個鬼臉。

「因為那一樣是個很苦命的角色啊。」

總之，我很不喜歡自己的名字。

我的名字是媽媽取的，聽說因為在懷我的時候看完了整部《源氏物語》，於是便以其中她印象最深的角色替我命名。

但「若紫」這個名字，其實跟我這麼平凡的長相一點也不搭配，曾經有同學給過「名字聽起來很漂亮，但人卻很普通」這種評價。再者，這個名字，也讓我總是想起《源氏物語》中「若紫」這個實在算不上好命的角色。話說回來，有陣子我甚至好奇，是不是名字裡有「紫」字的小說人物都特別慘？

若紫，わかむらさき，是主角源氏某天遇到的一個小女孩，源氏發現若紫容貌和苦戀不得的愛人藤壺十分相像，又得知若紫和藤壺有血緣關係，於是便想盡辦法，幾乎是用半騙半搶的方式，把若紫帶回自己府中。

將還是小女孩的若紫帶回二条院之後，源氏像父兄般撫養若紫；當然，最後他的打算還是希望若紫成為自己的女人（傳說中的源氏計劃）。可惜，源氏並沒有辦法專情對待若紫，他從少年時期養成的風流習性沒有改變，在若紫終於順從他，成為他的夫人後，源氏還是不停四處留情。

雖然源氏將若紫視作自己的正妻，源氏身邊所有女子也都如此認同，但由於若紫的出身，加上源氏受到病危兄長的請託，最終他娶了一名皇女為正妻，若紫大受打擊，心碎病逝。而源氏悲痛不已，在若紫死後，焚燒了兩人的詩歌書信，遁入空門。

「對了，這次是我跟妳還有陸星宇三個人一起住——妳知道吧？」道賢的話打斷我的思緒，他望了我一眼。

我點點頭，「知道。」

「大概會是，非常微妙的同居生活吧。」道賢意味深長地，彷彿嘆息似地說著。

其實我知道道賢想說而沒說出口的是什麼。

事實上，對我來說，這一切並不是容易的事。

事情是這樣的，在我接下了《從師生開始》的編劇後，某天突然接到了久未聯絡的菲菲電話……

「喂喂～」菲菲甜而軟的聲音一點也沒變，「阿紫，我好想妳！」

「噗，有沒有這麼誇張啊？」

「真的啊，好懷念高中時代喔，無憂無慮的，多好。」

「講得妳現在好像很多憂慮一樣。」

菲菲吃吃笑著，「最近工作是滿順的。我跟妳說，我接了一部好萊塢電影喔，雖然只是小角色，台詞也不過幾句，但我超HIGH的！」

「恭喜妳啊。」

「不過呢，」菲菲忽然收拾歡欣興奮的口氣，瞬間轉換，「正因為這樣，有件事想拜託妳。」

我不禁意外，「拜託我？」

「嗯，對。」

我問道，「有什麼是我可以幫得上忙的？」

菲菲又調整了語氣，這次以請託的語調說道，「我聽說妳是《從師生開始》的編劇，而且那部是ON檔戲，先拍一半就要上了，對嗎？」

「大概只拍1/3就要播了。怎麼了嗎？」

「既然是ON檔戲，妳一定會跟著劇組跑。」菲菲說道，「星宇是那部的男主角，妳又是編劇，一定會常碰面的。」

我想了想，「雖然不知道妳到底想要我做什麼，可是就我的經驗，我只要交出去的劇本沒問題，理論上不一定天天要跟拍，除非進度需要或其他狀況，我才需要隨時待命，妳應該也很清楚。」

菲菲聽完我的話，停了幾秒後，才說，「這我也知道，所以，我有個計劃。」

「計劃？什麼意思？」

菲菲嘆了口氣，「妳就算不看報紙，也會看網路新聞吧？星宇他，身邊一直都有很多女明星打轉，我很不放心。雖然我接的那部好萊塢電影還沒有開拍，但接下來我得去美國幾趟，還要苦練英文對話，沒辦法盯著他。」

「噢。」

我懂了，需要我當眼線。

我想起開會時大家聊起的八卦——菲菲總是跟不同的富商過從甚密，而陸星宇則是每部戲都跟女演員傳緋聞被拍到。

我不想蹚渾水。

「——但是，就算我天天都跟拍，可是下戲之後的私人時間，我一樣沒辦法替妳盯著他。」我又道。

菲菲果決地答道，「妳說到重點了——這就是我的計劃所在。」

「不是很懂。」

「我透過一些關係，讓大家住在一起。不只妳和星宇，還有孫道賢。」

「連道賢也扯進來？！」

「《從師生開始》的投資方跟我有私交，我施了些力……細節妳不要問，妳只要替我看好星宇就行了。」

這話聽起來不容我拒絕，我只好淡淡答道，「可是，陸星宇跟孫道賢，未必會願意。道賢不論，陸星宇的經紀公司首先就不會答應吧。」

「這妳放心，我全都處理好了。」

「妳怎麼處理的？」

「簡單來說就是人脈……有機會再解釋，」菲菲堅定地說，「總之，之後就要拜託妳了。」

「……」

我有些為難，雖然是好朋友的請託，但我沒信心能處理好。而且，陸星宇八成會發現吧，這對菲菲來說也不是件好事。

「阿紫，真的只有妳能幫我了。我也是實在沒辦法，才只好出此下策……該怎麼說呢，我跟星宇之間，這幾年一直風雨飄搖……我也不知道為什麼會變這樣……」菲菲哽咽起來，「我真的不知道要怎麼做才好……我從高中就喜歡他了，妳知道的……」

「可是，被陸星宇知道我是眼線的話——不對，應該說——如果陸星宇知道妳還找眼線盯著他，難道他不會更生氣嗎？我的意思是，妳真的覺得，這樣做對你們的關係有好處？」

「……說實話，我不確定。不過，我也不是要妳真的跟蹤他還是幹嘛的……只要偶爾告訴我他的近況，這樣就可以了。」菲菲再度換了語氣，這次鎮定許多，也冰冷許多，「就算，他真的要變心，我也需要制敵機先。」

我差點脫口而出——

談戀愛談到這種程度，不會太難過嗎？

但也許，是真的很喜歡，才會這麼放不下吧。

「我不太清楚你們的狀況……不過，如果妳真的需要我這麼做，我試試吧……可是我不能保證。很有可能，我跟陸星宇根本沒機會說上話。」

「沒問題的。老實說吧，我這次直接找孫道賢，借了他的神秘別墅，到時你們三個人一起住，妳要替我近距離觀察星宇，看看有沒有什麼女生一直跟他聯絡。」

我很不想接續這沉重的話題，故意開玩笑，「妳就不怕我覬覦陸星宇？近水樓台先得手什麼的。」

菲菲笑了，但聽起來有點乾澀，「如果是妳的話，我OK喔。」

「OK什麼呀妳。」

「跟妳共事一夫啊，反正早就是姊妹了，不是嗎？」她大笑著，不知為何那笑聲聽起來有幾分低落，一點也沒有開玩笑的促狹感。

剎那間，高中時的回憶衝上心頭。

那時的我們，誰也沒想到，會是今天這種局面吧。

「……算了，妳還是擔心他會不會喜歡上孫道賢好了。」

「哈哈，妳還是一樣幽默啊。不過話說回來，人家都說妳跟孫道賢在一起，是真的嗎？」菲菲突然話鋒一轉，「孫道賢……他家是不是很有錢啊？」

「我哪知道他家有沒有錢。總之沒有啦。有的話我會承認的。」

菲菲以某種透露消息的神祕口吻說道，「好多女明星為了搶角色巴著他不放呢，何況孫道賢又是那麼英俊，競爭對手太多了。阿紫妳太單純，不適合圈內人，還是找個公務員還是工程師那種朝九晚五的對象比較好。也不要太帥的，太帥的很麻煩，就算他自己沒那個意思，也一樣會有很多女生自動送上門。」

例如，陸星宇嗎？

但我沒說出口。

「……我要努力拚事業啦，金錢比戀愛更實際。」

菲菲滿意地說道，「沒錯，這樣想就對了！」

掛上電話後，我想了想，忽然覺得有點意興闌珊。

本來很單純的工作，摻和了菲菲和陸星宇的事之後，變得格外複雜，也不太愉快。我對著電腦螢幕發呆，想著很久很久以前，高中時代的我們。

那時的菲菲和陸星宇，還有那時的我。

很懷念那段只要擔心考試成績別太難看以及分組不要落單就好的歲月。

人總是期盼著長大，但長大之後，卻又懷念過去。

真矛盾。

道賢的車駛上彎道時，我主動問道。

「欸，菲菲是不是找過你？」

道賢毫不在意地點點頭，「是啊，說如果劇組要跟我借房子，我一定要答應，可以獲得好處。」

「好處？」我非常訝異。菲菲連金錢攻勢都用上了嗎？可是，道賢應該不缺錢吧，會看得上嗎？

道賢八成看出我深感意外，說道，「妳知道李瑾菲提出的 OFFER 是什麼嗎？」

「我哪知。」

「她說我可以獲得跟妳同居三個月的好處。」道賢微笑，「不得不承認，她完全打中我的要害了。」

「……你又知道我會去住了？」

天哪，我有種想把菲菲抓來揍一頓的衝動，她竟然早就把我當作計劃的一部分（或者說籌碼），那萬一我死都不同意她的計劃怎麼辦？！

「李瑾菲說妳很樂意。」道賢看著我，「該不會突然變卦了？」

「……她還說我很樂意？」明明她是先跟道賢談好，才來拜託我的。

「是啊，怎麼了？」

「沒什麼。」我搖搖頭。

雖然是好朋友，但卻有種被暗算的感覺。

想跟道賢解釋清楚，但菲菲拜託我的事也沒辦法光明正大說出口，看來當初我的預想沒錯，果然是一灘渾水。如果再跟道賢多說什麼，反而連他都會被拖下水吧。菲菲啊，妳真的在意陸星宇到這種程度嗎？

陸星宇對妳來說這麼重要的話，為什麼我卻總是在各種媒體上看到妳跟什麼富二代同進同出、豪宅過夜、夜店約會的消息？

我真是無法理解。

不過，那是她跟陸星宇之間的問題，本來就不需要我理解。

□

道賢的別墅位於山坡上的一處高級社區，從社區入口開始就有好幾道保全防線，看來這裡確實不太會有狗仔出沒。

也是啦，道賢雖然不像菲菲或陸星宇是大明星而是導演，但是輝煌的得獎紀錄和俊俏外表，讓道賢受歡迎的程度不亞於許多線上藝人。老實說，以道賢的長相，就算自己來演男主角也絕不遜色。

「這裡可是我的秘密基地喔。」道賢一面把車駛入可以容納三輛車的大型車庫，一面說道，「為了表達對妳的歡迎，我準備了超多老電影DVD和用不完的食材。」

這樣我根本無心工作了吧？「你人真好。」

「小姐，妳上個月已經拒絕過我一次，用不著現在又發一張卡吧。」

「噗。」

穿過車庫和主建物連接的長走廊後，總算進入了我們接下來要住上幾個月的豪華別墅，深色大理石和極簡時尚的裝潢充分表現出屋主的撒錢，不，品味；這棟別墅每層大約六十餘坪，含地下室總共四層。地下室有間小剪接室、儲藏室、撞球間、酒窖；一樓是客餐廳、會議室、暗房、客房、健身室；二樓有三間附衛浴的臥室和露台；三樓則是視聽室和書房。就在道賢帶著我要走向二樓時，一陣平穩的腳步聲從走廊的另一端傳來，然後，那道傳說中的身影，在微暗的走廊盡頭現身了。

——不管怎麼說都很怪。

既不能說很久都沒見到陸星宇，也不能說常常見到。

畢竟高中畢業之後，我們再也沒見過面，但事實上，他的臉孔出現在我生活圈的每個角落，每張螢幕上，出現頻率高得令人咋舌。因此，當他本人真實地站在我面前時，我產生了一種從未有過的異樣陌生感，同時其中又隱約有著一點點的熟悉。

「嘿，我以為你晚一點才到。」道賢率先打破沉默，向陸星宇一笑，「室友你好。」

陸星宇無喜無怒，既沒有意外的表情，也沒有露出早已料到的樣子，淡淡地點點頭。

「助理們把我的行李都拿上去了。」他手上拎著一瓶比利時啤酒，另一手插在褲袋裡，很日常，很一般，但俊美得令人屏息。他發現我注視著酒瓶，於是稍稍舉起，問著道賢，「——我看到冰箱裡有這個——不介意吧？」

「別客氣啊。」道賢欠了欠身，看看陸星宇再看看我，「對了，你以前就認識阿紫吧？聽說你跟阿紫和李瑾菲是高中同學。」

「嗯。」陸星宇終於看向我，還是淡淡的，「好久不見。」

那眼神讓我想起當年在學校最後一次跟他說話時。

我驚愕地發現，他的眼神和當年如出一轍，一點也沒變。
幾分憂鬱，幾分深沉，似乎永遠帶著問句，永遠都在尋找些什麼。
下一秒，菲菲拜託我的事衝上心頭，回憶戛然而止。我無奈地笑笑，「對啊，好久不見。」

陸星宇望著我，幾秒後說道，「請多關照。」
「彼此彼此。」

這就是，我跟陸星宇在多年之後的重逢。
不怎麼樣，一點都不精采，甚至可以說無聊且無奈的重逢。
我這麼想著。
對於即將展開的「間諜任務」，莫名的煩躁油然而生。

□

她沒什麼變。
下巴尖了點，用瀏海蓋住了海豚般光滑的額頭，還是綁著馬尾。

穿著寬鬆的淡藍綠色針織毛衣和牛仔褲，拎著說不出牌子的包包和看起來十分破舊的行李箱。

不知道為什麼，她看起來有一絲尷尬，眼裡閃過些許歉意。

歉意。

她是該有歉意，在我知道了當年的信根本是她代筆之後，我不由得這麼想。

不過，我想我什麼表情都沒有。

她是我女朋友的好朋友，不該為難她的。

□

二樓的三間房間被排成品字型，走廊盡頭的是屋主道賢的主臥，我和陸星宇分別住在對門那兩間。雖然說不是主臥室，但該有的設備一應俱全，衣帽間、蒸氣室、按摩浴缸、獨立的工作區，甚至還有個迷你吧，不愧是上億豪宅等級。

「——怎麼樣，有沒有缺什麼？我叫人送過來。」道賢領著我參觀完後，替我把行李箱放到衣帽間裡。

「孫道賢，我都不知道你這麼有錢耶。當導演這麼好賺嗎？」

道賢眨眨眼，「當導演還 OK，不過，我應該跟妳說過吧，我還有一間網路公司，那間公司倒是生意不錯。」

「噢，」我想起來了，那是一間專營「網路謠言」的公司，「你是說，專門養網路帳號、網軍的那家。」

道賢微笑，「我知道妳不喜歡。不過妳放心，我接的網軍 CASE 都是娛樂圈的，灌灌水灌灌票炒炒話題，跟社會議題沒有關係，我沒那麼不要臉去操控政治風向或者重大民生問題。」

「我又沒說什麼。」

不過我也不否認，並不喜歡這種帶風向的行業。或者應該說，曾幾何時，連「帶風向」都可以成為一種新興產業了，我們所生活的世界裡，又有多少資訊是可以相信的呢？

「對了，這是鑰匙和門禁卡。」道賢說道，「所有保全密碼我都設成妳的生日。」

「呃。」你幹嘛啦。

「妳先休息一下整理東西吧。」道賢說著，打開房門，離去前又回頭，「對了，晚上一起吃飯吧，陸星宇也一起。」

「……喔，好。」畢竟是要共處好幾個月的室友，是該一起吃頓飯的。

「那就交給妳啦。」道賢拋出笑容，「我記得妳很會做菜。」

現在我是來替你們倆當煮飯婆就是了？「冰箱裡有什麼就做什麼，不准挑嘴啊。」

「只要是我們阿紫親手做的，砒霜我也甘之如飴。」

「還砒霜咧……」孫道賢你到底是活在哪個時代的人啊？現在殺人流行氰化鉀，早就不流行砒霜了啦。

道賢看著我，掛著淡淡的笑，不知道是不是我錯覺，隱約覺得他笑容的弧度帶著一絲落寞。

但我不想也無法深究，只是推他出門說我要整理行李了。

關上房門後，我走到陌生的窗台邊坐下。

窗外看出去現在是帶著藍色薄霧的山景，走出陽台的話，晚上說不定可以看到整座台北市。我靜靜坐著看山，看霧，想起之前道賢曾經對我說過的話。

不是什麼了不起的話，大概就是「簡單型的告白」。

我本來以為他在開玩笑，不過很快就明白他不是。

道賢跟我是大學時代的朋友，我學編劇，他學表演藝術和剪輯，在我還不知道劇本格式到底長什麼樣子之前，他早就因為帥氣的外表開始擔任MV的男主角了。大學畢業後，我成為電視台的小編劇助理，跟著主筆混日子，有一集沒一集的，寫了好幾集之後計劃腰斬也很常見，而道賢則是一帆風順開始擔任MV、廣告的助理導演，接著很快就執導了自己的第一部電影。

後來，道賢自組公司，時常邀我替他寫劇本。

據他的說法是，因為很熟，有什麼意見可以直來直往，對大家都有好處。於是，他就成了我最大的金主兼合作伙伴。事實上，我後來也有聽到一些傳聞，有其他跟我同期出道的編劇，至今還在當助理，就私下說我跟道賢怎麼怎麼樣，所以道賢才特別讓年資根本不夠看的我擔任主筆。

前陣子，道賢帶著《從師生開始》的企劃來找我，一邊喝著什麼期間限定星冰樂，我一邊跟他聊起那些謠言。沒想到，他只是放下那些資料和等著改編的原著小說，靜靜地看著我，看得我不知所措，想說自己是不是說錯話，而且還是錯得很離譜的那種。

——妳這麼遲鈍，真的能當編劇嗎？

——什麼意思啊？

——那些謠言……

——很沒品啊。

——呵。

——你幹嘛啦，那是什麼表情？

——我們認識多久了？

——從大學到現在，五、六年了吧。

——妳覺得，我對妳好不好呢？

——很好啊，很多事都會想到我。

——那妳覺得，我為什麼要對妳好、什麼事都想到妳呢？

——這還用說，當然是因為友情、義氣啊。

——妳，妳是故意裝傻吧？

後來，就在一大疊企劃資料跟愛情小說前，在人很多座位又擠、而且四周還有人企圖偷拍道賢的星巴克裡，道賢跟我表白了。很雲淡風輕地，像是詢問我晚上要不要一起去逛夜市那樣，不帶什麼浪漫氣氛地說了他的心情。

——我沒有要妳答覆的意思。

——……嗯。

——只是既然提起了，就把話說開也好。

——……嗯。

我記得我那時真的除了「嗯」之外想不到任何回應。

只是不停想著，難道真是自己太遲鈍，什麼都沒察覺到嗎？

也許，我並不是什麼感覺都沒有，而是不想深究，或者觸碰這件事吧。

人有時候很奇怪，就是會選擇性地假裝沒看到。

說不定我正是如此。

總之，那天之後，我跟道賢就進入了一種很微妙的狀況——他稱之為「軟性打槍」。而我，只是沒打算多想，也不知道該如何消化而已。我並不討厭道賢，以內在或外在來看他都很優秀，對我當然很好，可是……我不確定該怎麼形容……也許，就是少了一種心動的感覺。

心動。

就是當你見到某個人的時候，心跳總是會漏個幾拍；或者對方每一次的微笑都會讓你放在心上很久很久，之類的。

當然，再怎麼說我還是個女孩子，收到了表白依舊感到開心，我也不否認我曾經在夜深人靜時窩在床上抱著枕頭，試著幻想如果真的跟道賢交往，會是什麼樣的情景：如果兩個人交往的話，一起牽手散步會是什麼樣子、一起吃飯、一起看電影、颱風天的時候窩在一起、一起去動物園、一起刷牙洗臉、一起鋪床疊被……

結果，想像完之後，我得到一個非常糟的結論——沒感覺。就連一點點臉紅心跳或期待的感覺都沒有。於是我跟道賢說了對不起，他苦笑著說沒關係，然後說都是媒體或者我大學時代的前男友不好之類的不著邊際的話。道賢沒有給出讓我為難的神色，只是輕鬆地說他要借酒澆愁一個月。

我知道他不希望我尷尬。

光就這一點來看，道賢的修養和風度，大概就是我所認識的男生裡最好的吧。

□

傍晚時我下樓到廚房。

這裡的廚房滿常在電視上看到的，因為道賢擁有一座非常適合拍攝美食節目和食譜書的漂亮廚房，全部都是德國進口的高級廚具和大型烤箱，就算把廚神戈登・拉姆齊放進這裡也完全不違和。

我打開冰箱和冷藏庫，盤算了一下，決定今天晚上就做烤菲力牛排三明治、馬斯卡彭蟹肉佐生火腿、胡桃百香果沙拉，考慮到兩個大男生的食量，再加一道奶汁松露培根細扁麵，份量應該就OK了。我把食材逐一拿到島型檯面上，找出烤牛肉需要的烤盤和其他刀具。就在我正考慮使用哪把刀好時，背後突然有人出了聲。

「妳在幹嘛？」

「呃，」我轉身，看向陸星宇，「找刀，做晚飯。你有對什麼東西過敏嗎？」

陸星宇裸著線條漂亮的上半身，頸上掛著運動毛巾，一面打開冰箱拿水，我實在不知該看哪裡。

他的語氣淡而冷，「我的晚餐只能吃沙拉。」

喔，我都忘了，像陸星宇這樣的巨星，怎麼可能跟我這種早已放棄外表的人一樣大吃大喝。

「那，胡桃百香果沙拉可以嗎？」

陸星宇放下水瓶，看了眼檯面上的食材，「……這些，都是晚餐材料？」

「嗯。」

「本來打算做些什麼？」

「牛排三明治、胡桃沙拉、蟹肉前菜還有義大利麵。」

他有些訝異，「妳一個人做？」

我點點頭，想讓氣氛輕鬆點，「我是煮飯婆嘛。」

陸星宇勾勾嘴角，「……沒想到妳對料理很有研究。」

「並沒有，我只是貪吃而已。」我聳聳肩，然後突然想到——「對了，你可以幫忙我拿個鍋子嗎？在上層的櫥櫃，我拿不到。」

「……哪一個？」

我打開專放鍋具的櫥櫃，指了指不知道賢沒事幹嘛放那麼高的一只鑄鐵鍋，「那個。不好意思，其實我可以用其他東西從鍋耳的部分勾下來，但是鑄鐵鍋很重，一個沒弄好不是我受傷就是鍋子摔變形，你懂的。」

以陸星宇的身高果然不費吹灰之力就平平穩穩地拿下沉重的鐵鍋，他看著我，「妳要用這麼重的東西做飯？」

「牛排要先煎後烤，所以需要用鐵鍋。」

而且像我這種貧困（？）人家，當然要趁住在這裡的時間好好使用這些可能要再賺個十年才買得下手的高級餐廚用品了。

陸星宇那雙被粉絲和媒體譽為「勾魂奪魄」的電眼漾過一絲輕笑，我差點沒看傻。

「如果我沒走過來，妳要怎麼拿鍋子？」

我想了想，「不是搬椅子爬上去，就是去叫屋主過來幫忙拿吧。」

陸星宇再度勾勾嘴角，明明就是帶有些微不以為然的笑，但卻好看到令人忘我。脫去稚氣的陸星宇，如今渾身散發著教人不敢直視的危險魅力，彷彿是某種致命誘惑般的存在。

「……菲菲有跟妳說嗎，沈顥庭現在在美國。」陸星宇突然天外飛來一筆。

「沈顥庭？沈顥庭沈顥庭……這名字好耳熟……喔，學生會會長！」我捲起袖子，開始著手準備食材，「你們還有聯絡啊。」

他點點頭，「沈顥庭現在在好萊塢當特效化妝師。」

「是喔！」印象中的學生會會長沈顥庭明明臉上就寫著「我要一路選進總統府」，我拿著萵苣，想起了以前制服時代，不禁笑了出來，「他不是考上台大法律嗎，沒當律師沒從政，反而是做特效化妝師，我超意外的。」

陸星宇似笑非笑，「我們這一屆，跟演藝圈緣分特別深吧。妳不也是一份子？」

「其實，我是邊緣人。」

我拿著蒿苣，忽然想起很久很久以前，曾經在學校附近，回家的路上遇見過陸星宇。在某家甜點店附近，有貓，有夕陽……那時的陸星宇，就已經非常非常耀眼了。而那時的我青澀而幼稚，雖然現在不再青澀，但依舊幼稚，真悲哀。

他把水瓶放回冰箱，「──蒿苣，很好抱嗎？」

「啊？」

「妳不知道自己抱著一大顆蒿苣發呆？」

「啊！哈哈，真的。」我這個笨蛋，要回憶過去也不是在這個時候啊。

「──欸，你們都在這裡，晚飯好了嗎？」道賢從樓梯步下，帶著笑。

「我，運動完一身汗，先上去洗澡，等等再下來。」陸星宇斂起笑，就這樣和道賢擦肩而過。

有種逃跑的意味。

不過我並沒有多想，只是放下蒿苣，對道賢說道，「拜託你，以後鍋子別放那麼高行不行？要不是剛剛陸星宇幫我，我根本拿不到那個鍋子。」

「對耶，我都忘了妳是矮子了。」

「喂！」

□

——你剛剛說什麼？我是矮子？

——妳有一百六十公分嗎？

——我一五九！

——那就是沒有啦，矮子。

在樓梯間隱約聽到孫道賢跟她的對話。很親暱的樣子。

我猛然想起菲菲曾經說過的——

「你不要小看阿紫，她很有手段的，不然你以為她怎麼有辦法在短短兩年從新人小助理搖身一變成為編劇主筆？當然啦，我並不是說自己的朋友不好，但是你比我更清楚知道這個行業的生態吧？如果不是因為她跟孫道賢，哎你懂的……不過也好，有孫道賢在旁邊照顧她，我也比較放心。再怎麼說也是好朋友，還是希望她過得好啊，你說對不對？」

……她跟孫道賢，是嗎？

那天的晚餐菜色後來少了一道，因為有個笨蛋把松露醬放到過期，我可不敢用過期松露醬做菜給大導演和天王巨星吃，萬一有個什麼閃失，三百個袁若紫也賠不起。

話說回來，這是我第一次跟陸星宇一起吃飯吧。

本來會以為有些冷場，好在道賢總是聊工作，不至於讓大家接不了話。只是，陸星宇似乎並不喜歡自己將要演出的這個角色，《從師生開始》的男主角，喜歡上高中女生的代課老師「何慕桓」。

「……嚴格來說，我並不是不喜歡這個角色，」陸星宇淡淡地說道，「應該說，我不太滿意他的行為。」

「什麼意思？」道賢問道。

陸星宇答道，「既然他這麼喜歡女主角，就應該追到天涯海角，這才合理，不是嗎？」

「可是，松兒又不希望何慕桓追過去。」我說道。松兒是故事裡的女主角，很微妙的女高中生。

「如果是我，我不會放手。另外，松兒這個角色也很詭異，她應該是不夠愛何慕桓吧，不然怎麼會選擇放棄呢？」陸星宇似乎也不喜歡松兒。

「我就可以理解松兒。」因為我也曾經放棄過。

陸星宇看向我，「所以妳是即使愛上，也會選擇妥協或放棄的類型嗎？」

一瞬間氣氛有點僵。

我抬起頭，不服輸，「要看情況啊。」人生又不是只有愛情就可以了。

「阿紫是現實派的啊。」道賢像是要緩和氣氛似地說著。

「……我要是現實派，早就跟你交往了，不是嗎？」我不禁答道。但隨即後悔，不該在這裡說這樣的話，對道賢太不客氣了。

而陸星宇不知為何嗆咳了一聲。

道賢苦笑，豁達地朝陸星宇說道，「我前陣子被阿紫發好人卡了。」

陸星宇看看道賢又看看我，突然端起餐盤遞給我，「我要牛排三明治。」

我伸手接過盤子，「可是，你不是說你只能吃沙拉嗎？」

整碗沙拉都特地放在你面前，我跟道賢都特別留給你吃耶。

陸星宇傲然，「我不能改變主意嗎？」

我拿起夾子，夾了兩塊三明治到他的盤中，「我當然沒意見，只怕你的健身教練有意見。」

陸星宇不以為意，淺笑，「看起來很好吃。」

「我們阿紫是有手藝的啊。」道賢說著，彷彿終於想到似的，舉起他的紅酒杯，「對了，我們乾杯吧，敬——未來幾個月的同居生活、我們的票房保證陸天王星宇、廚藝與文藝兼具的編劇袁大人若紫——」

「還有青年才俊孫大導演道賢。」我補充道。

「希望新戲拍攝順利、殺青之後收視率稱霸，海外版權銷售一空！」道賢的酒杯碰了碰我的可樂瓶和陸星宇的啤酒瓶，「請兩位多多指教囉。」

「彼此彼此。」陸星宇淺笑回敬。

□

晚餐後大導演和天王巨星人很好地說要負責洗碗，我也樂得輕鬆，回到二樓房間後，發現我手機有好幾通未接來電，都是菲菲打的。

「喂？」我回撥之後，很快就被接起。

「阿紫！妳在哪裡？」

「我在哪？我進劇組了，在孫道賢家啦。」

「那星宇呢？」

「也來了。」

「他現在人呢？」菲菲問道。

「在樓下幫忙洗碗吧。」

「洗碗？」

「嗯、洗碗。」

「……真不敢相信，他會洗碗，呵，」菲菲語氣從剛剛的緊迫忽然放鬆下來，「真教人意外。」

「妳剛剛是不是打了很多通電話來？怎麼了嗎？」

菲菲換上閒聊的語氣，說道，「喔——就是關心妳一下嘛，順便了解一下星宇是不是也搬過來了。」

「對啊，比我跟孫道賢還早到。」

「後來我才想到，他跟妳和孫道賢一起住，會不會妨礙你們啊？」

「喂，李瑾菲，我不是說過很多次了嗎，我跟道賢才不是那種關係。」

菲菲閒閒地答道，「我知道不是男女朋友，但是……應該很親密吧。妳就別否認了。」

「欸，李瑾菲，我想起一件事。妳是不是在拜託我盯梢之前，就已經跟孫道賢說，只要他願意借房子，我就會搬來一起住？」

「有嗎？我有說過嗎？啊，好像是有這麼一回事——」菲菲毫不在意地說道，「那是因為我有信心妳一定會答應的嘛。」

「可是妳那時根本都還沒問過我！」

「阿紫，妳什麼時候開始變得這麼小氣了？啊，是不是因為妳跟孫道賢的事被我一語道破呢？好啦好啦，算我不識相，我會裝作沒這回事的——這樣可以了吧？」

問題是我跟道賢本來就沒怎樣過啊！

別說什麼親密關係，就連牽手也都沒有，之前講過了不知多少次，妳是故意聽不懂嗎？

我抑住怒火，努力淡然地說道，「我跟孫道賢什麼都沒有，如果有，我會光明正大承認的。」

「知道了知道了，反正妳的事我不會八卦的，別在意囉。我也是聽到圈內大家都這麼說，才想說妳是不是害羞不好意思承認哩。」

……拜託別逼我說出「妳也不看看妳自己老是被狗仔拍到跟男朋友以外的人過夜最好有資格說我」這種惡劣的話好嗎。

菲菲見我沒答話，自顧自說道，「我打給妳是想多拜託妳一件事。」

「……什麼事？」

「趁這幾天還沒開拍，大家還有空，妳可以幫我打聽一下嗎？」

「打聽？」

「就是啊，妳能不能跟星宇混熟一點，幫我套話？」

愈聽愈不懂，現在是演諜報片嗎？「套話？」

「就是……我想想怎麼說才好……啊，就是陪星宇聊聊天，聽聽看他對我有什麼想法。或者，觀察看看他都會問些我的什麼事。」

我在心裡嘆了口氣，「真的要這樣？」

菲菲撒起嬌來，「拜託嘛。」

「……我有個條件。」

「什麼條件？」

「從今以後，請妳不要再『覺得』我跟道賢有什麼『特殊關係』了。沒錯，我跟他很親近，工作上合作愉快，私交也不錯，可是，就只有這樣了，妳明白嗎？」

「我還以為是什麼事呢？我知道了……反正，我本來就覺得妳跟孫道賢不適合，妳還是適合一般上班族，演藝圈的男人都不適合妳。」菲菲又重複了一次之前的話。

「……小姐，大部分時候，都是先有愛情，才會開始去想兩個人適不適合……」

「欸真受不了妳們搞文字的人，說話真繞舌，反正我會記住，以後不提妳跟孫道賢的事，這樣可以了吧。我要準備出門了，那，星宇的事就拜託妳囉。」菲菲換上相當甜膩的口吻說道，「好姊妹，辛苦囉！」

結束通話後我倒在床上，覺得自己很惡劣。

不知道為什麼，竟然對菲菲產生了幾分不滿。

關於她拜託的事，也關於她對我和道賢之間的想法。

菲菲變得好陌生，以前溫柔單純的她像是被日光稀釋的影子似的，這幾年來日益模糊了。我知道人都會改變，自己又何嘗不是，只是菲菲改變的幅度，遠遠超過我想像。真要說，陸星宇給我的感覺反而是最沒有改變的，總是帶著欲語還休的眼神，當年和現在一樣，深不可測。

□

兩個大男人並肩站在廚房洗碗聽說是最近很受歡迎的畫面。

我負責用沾了洗碗精的抹布洗淨碗盤，孫道賢負責沖水甩乾、晾上碗架。

「你很久沒演偶像劇了喔？」孫道賢閒聊道。

我點點頭，「快三年了吧。」

「製作單位一確定你會接演，幾乎已經要直接開慶功宴了。」

「是嗎。」

「聽說你很挑編劇。」孫道賢手上的動作停頓了一下，「……如果覺得若紫寫得不好……」

我勾勾嘴角，以開玩笑的口吻說道，「即使被發好人卡，還是要替她打好關係？」

孫道賢乾笑兩聲，「哪用得著我出面啊，你一定會看在李瑾菲的面子上照顧她的，不是嗎？」

「……菲菲說，你們明明就在一起。」

不知哪來的衝動，我脫口而出。

而且，在我來這裡之前，收到這房子的密碼，一看就知道是她的生日。

孫道賢看著我，苦笑，「唉，告訴你也無妨，她說，她對我沒有心動的感覺。很慘吧，我聽到時心想，哇靠原來我跟李瑾菲一樣，都算是妳姊妹就對了。」

孫道賢說話時很自然，同時自在。

我不太清楚他為什麼毫不在意地跟我聊這些，我跟孫道賢雖不至於素未謀面，但也只有在工作上非常短暫地接觸過，他導戲，我主演，這還是第一次。

「你跟……若紫認識很多年了？」

「大學時就認識了。」

「那你應該知道她喜歡什麼類型的男生吧，也許你只是剛好不是她的菜。」

「她大概不知道自己喜歡什麼樣的男孩子。」孫道賢再度苦笑，「說實話她不是我一向喜歡的類型；」他停頓了幾秒，說道，「我不喜歡她這一類型的女孩子，而是喜歡『她』。」

「……是嗎。」我思索著孫道賢的話。

□

洗完澡之後，我帶著《從師生開始》的原著小說和紙筆走到大露台。

果然到了晚上，從這裡可以俯瞰整座台北市。

我在露台上的鐵製陽台椅坐下，打開這本其實已經看過好幾次的小說。字數不多的小說，要改成十二集，每集四十五分鐘的劇，勢必有很多地方要加強。我咬著筆蓋，找到之前做的筆記，印象中作者曾經在開會時說過，她本來想讓女二號在故事裡多做點喪心病狂的事，如果這部分能在劇本裡實現，那就太好了……

「在這裡看書，不嫌暗嗎？」

不知何時，陸星宇也走出室內，踏上露台。

他趴靠在圍牆上，看著遠方，什麼都不必做就是一張可以大賣的海報了。

我用筆比比壁燈，「勉強夠用。」

「……那就好。」

除去剛剛在餐桌前的時光，這大概是我第一次這麼近地看著陸星宇。

昏黃而黯淡的壁燈下，光線沾染他稜線分明的輪廓上。

我想起了高中時跟著菲菲追逐他的那段時光……

還有，菲菲剛剛打來交代我的事。

我想了想，卻不知道該怎麼開口，進行所謂的「套話」。

「這棟別墅滿不錯的。」陸星宇倒是主動開口。

我點點頭，點完後才意識到他看著遠遠的城市光景，根本看不到我的動作。

「你應該是第一次跟導演、編劇一起住吧？」

陸星宇嘴角輕勾，「如果不是因為某人，大概一輩子都不可能。」

難道你已經猜到是菲菲介入安排了？

我決定裝傻，「不是很懂。」

陸星宇轉身，看向我，「這種莫名其妙的安排，想也知道是妳好朋友在主導的。」

「……」我考慮了一會兒，以輕鬆的口吻說道，「這麼說來，你是個聽話的好男人啊。」

「我是嗎?別告訴我妳從來就不看娛樂新聞。」陸星宇的語氣帶著戲謔，也有點賭氣。

我在心裡嘆了口氣，「我很常看娛樂新聞。所以，我其實不太了解這中間到底發生了什麼事。」

「什麼叫『這中間』?」

「……你覺得呢?」愈講，愈覺得心煩意亂。這一切根本不關我的事嘛。

陸星宇倒是淡淡笑開，像是在講別人故事一樣，說道，「妳指的是我跟菲菲之間的狀況吧。」

「嗯。」

「妳真的想知道?」

其實沒很想，但我現在非知道不可。「……老實說我有點擔心菲菲，跟你。」

陸星宇仍望著我，眼裡寫著我不懂的情緒，「妳還記得高中時的事嗎?妳送信來的事。」

「想忘記都很難吧，」我聳聳肩，過了這麼多年，我倒是很豁達了。「從小到大，唯一一次送情書給男生。雖然不是替自己送的。」

「前兩年，有次我跟她吵架吵很兇，」陸星宇頓了頓，像是要加強效果般，說道，「她說，高中時的那封信，是妳寫的。」

「噢！」

李瑾菲！

妳自己主動招供也就算了，竟然沒跟我說！好歹也該事先提醒我一下吧。

陸星宇雙手抱胸，「妳知道在送信來的那天，就在妳來的前幾分鐘，發生了什麼事嗎？」

我搖搖頭，「我不知道。你說，我替菲菲送信去的前幾分鐘？」

「對，前幾分鐘。」

我好奇地從陽台椅上起身，走近陸星宇，「你說清楚一點，那天我去之前發生了什麼事？菲菲沒有跟我提過——」

「她當然沒有跟妳提過，因為，連她也不知道。」陸星宇忽然低頭湊近我，意味深長地一笑，我聞到了淡淡的薄荷味，他隨即退回，「想知道嗎？」

我點頭，「想。」

陸星宇忽然笑了一聲，「有一天妳會知道的。」

「什麼啊？這個時候賣什麼關子？太吊人胃口了吧。」小氣巴拉。

「這樣會很吊胃口嗎？」陸星宇笑著看我。

「當然啦！全都是你開始的，惹得我很好奇，結果現在又不講，很討厭耶。」我不禁頓足。

「看來妳很想知道。如果妳那麼想知道，那就跟我交換。」

情報嗎？所以你終於要問菲菲的事了嗎？「交換什麼？」

陸星宇定定地望著我，「告訴我，妳是怎麼寫出那封信的。」

我差點笨到反問他哪封信。

下一秒才想到喔對，菲菲已經都招認了。

「……你要知道那個幹嘛？」

「好奇。」

「好奇會害死貓。」

「那我很安全，我又不是貓。」

「我都不知道你會講冷笑話……」

「信上也是妳的筆跡吧。」陸星宇又繞回那封信上。

因為菲菲怎麼抄都有錯啊。「是我寫的沒錯。」

「妳剛剛不是問我一句『這中間發生什麼事』嗎？」

「嗯。」雖然平常記性不太好，不過就幾分鐘前發生的事，這我還記得住。

「也許，不是中間發生了什麼事，而是『一開始』，就錯了。」陸星宇語畢，轉身離走。

在關上落地門前，他補了一句，「晚上風大，小心著涼。」

□

翻著造型師給來的定裝資料，我托著腮敲著筆，想著故事裡的人物。

一個莫名其妙的老師，一個雖然我可以理解但非常不主流市場的女主角，說真的這部戲如果沒有陸星宇現身「加持」，我實在很懷疑到底有沒有人想看。

而且，聽道賢說，光是跟各大唱片公司談所有要使用的張國榮歌曲版權，就得費一番功夫了。

想了想，我打開 YouTube，找出張國榮的 MV，把戲裡會派上用場的歌編成播放清單，同時找出所有完整歌詞和對應的場景，聽著張國榮獨特的歌聲，我想起小說裡的某個橋段。

小說裡的女主角很喜歡削鉛筆。

我看看房間，這裡當然不可能有削鉛筆機，於是我決定夜闖（？）道賢書房看看。身為一個導演，我看過他用傳統鉛筆畫分鏡，理論上他應該會有削鉛筆機。理論上啦。

走廊上靜悄悄的。

我走上三樓，輕輕推開書房的門，找了一下才找到電燈開關。

道賢的書房很整齊，印象中這間書房好像也曾經出現在哪部連續劇裡。

我看向他的書桌，喬治·傑生的置物盤裡散著兩支輝柏2B鉛筆，還有蜻蜓牌橡皮擦，附近並沒有削鉛筆機。

「……妳在做什麼？」

「哇，嚇我一跳。」我猛地轉身，只見陸星宇站在書房敞開的門口，「幹嘛半夜不睡覺來嚇人？」

陸星宇挑眉，「妳有資格說我嗎？」

「我、我是想到跟新戲有關的事，所以來找找看有沒有削鉛筆機。」

「削鉛筆機？」陸星宇歪著頭，一臉「妳根本是在唬爛對吧」的表情。

「對啊，削鉛筆機。」我解釋道，「《從師生開始》的女主角不用自動鉛筆，而是喜歡削鉛筆機……」

「那跟妳有什麼關係？」

「我就無聊想找來看看，增加靈感啊。」奇怪了我幹嘛跟你解釋，我喜歡抱著削鉛筆機寫劇本不行嗎？要你管。「別光顧著說我啊，你又跑上來幹嘛？」

「孫道賢不是誇口他的 DVD 收藏很驚人嗎，我睡不著，上來看看有沒有什麼可以催眠的電影。」

「催眠電影嗎？請愛用《刺客教條》，那部很好睡。」我走出書房，帶上門，「雖然這樣說對得獎大導演很不尊重，但是有好幾位國際大導演的電影都讓我一夜好眠，有需要的話再介紹給你。」

「《刺客教條》跟《睡人》比，哪個好睡？」陸星宇亮出他手上的 DVD。我真是被打敗了，「先生，你該不會是看到電影名字有個『睡』字就覺得可以催眠吧？」

「我沒看介紹，不過好像是文藝片，至少比《原罪犯》還是《親切的金子》

催眠吧。」

陸星宇啊陸星宇，雖然報紙和廣大的群眾都覺得你是靠臉吃飯，不過你好歹也入圍過幾次男主角男配角，別跟我說你不知道經典名片《睡人》在幹嘛。難道你的戲劇老師、表演課老師沒有開些片單讓你「電影欣賞」嗎？

我看著他手上的DVD，「……這部不是催眠，是催淚。」

陸星宇低頭看看手上的DVD，「妳看過？」

啊不然我怎麼知道它催淚。「嗯，看過。」

「老伯狄尼洛。」他裝模作樣地看著DVD盒上印的演員。

「噗。」我忍不住笑了出來。「沒禮貌。」

「他不會這麼剛好是妳偶像吧。」

「是喜歡的演員，但還不到偶像。」

陸星宇看看我，「睡前看催淚電影好像不太適合，我還是換一部好了。妳要來給點建議嗎？」邊說，邊走進了視聽室。

我跟在他身後，也好奇道賢時常提到的華麗收藏究竟有多強大。

「哇！」我是真的不小心叫出來，「不愧是導演家的視聽室啊，根本是迷你劇院吧。」我衝到密密麻麻的片架前，手指滑過一部部電影，然後在《孤兒流浪記》前停下，「有這部！」

陸星宇走近我，「……黑白片？」

我點點頭，一想到劇情，就已經眼眶發熱了。「我的第一部卓別林，很感人。」

陸星宇抽出《孤兒流浪記》的同時，那雙被國際媒體譽為「用眼神說台詞」的電眼掃過我的臉龐。「……好看到光是看到 DVD 盒子，就已經想哭了嗎？」

「咦，有這麼明顯嗎？」我不好意思地笑笑，「因為，真的很好看。」而且本人淚點超低。

「《孤兒流浪記》和《睡人》，妳推薦哪一部？」陸星宇淺笑。

我想了想，「都是好電影，所以都不推薦你睡前看。希望你在精神很好時，認真看完。」

陸星宇露出了有些意外的表情，「妳很喜歡電影？」

「嗯，所以才想當編劇嘛。」

「原來如此。菲菲說，妳只是懶得出門上班。」

「哈，這也算是某種程度上對我的了解吧。」

陸星宇意味深長地放回 DVD，考慮了一會兒後，說道，「下次有機會，要一起看《孤兒流浪記》嗎？」

「好啊，順便找道賢一起吧，我敢賭他雖然有片，但其實根本沒看過。」

陸星宇的臉上浮現我曾經在電影裡看過的優雅苦笑，彷彿我的提議相當不合時宜。看著他那淡而微妙的笑容，我認為影評家說的一點都沒錯：陸星宇從來就不是靠演技，而是靠眼神。他的眼裡總是隱含著某種誘人的氣息，彷彿預告著這裡有著許多秘密，令人好奇得無法移開視線，一不小心就會深陷其中。

更像《日落大道》裡默片女星諾瑪對自己演技的評價：

One tear from my eye, Makes the whole world cry.

我眼裡的一滴淚，足以讓全世界同聲哭泣

「……我臉上有什麼嗎？」陸星宇突然問。

「沒有，沒有。」

如果把這個時刻上網標售，商品就叫作「跟陸星宇一起挑選睡前看的DVD」，不知道能賣到多少錢。印象中看過中國大陸的媒體報導，有貴婦喊價一頓飯三百萬人民幣，想跟陸星宇共進晚餐，這人還真是值錢。

「為什麼可以講話講到一半就發呆？」

陸星宇打斷了我腦海中的估價，我不好意思地笑笑，「閃神了，不好意思。」

他聳聳肩，「看來，今天晚上好像不適合看 DVD，我還是回房讀書好了。那本《從師生開始》其實我一直都還沒有認真讀完過。」

「呃。」你也太不敬業了吧。

他淡淡一笑，「晚安。」

「喔，晚安。」

□

所謂的同居生活，好像比想像中輕鬆一點。

道賢很忙，天天開會到處跑；陸星宇反倒很宅，每天就是健身試造型，他的助理小徐和小崔都是男孩子，每天上午會把陸星宇當天的行程和服裝配件帶來，但似乎跟陸星宇沒什麼話說，送來東西之後隨即離去。白天各有各忙，晚上倒是都會同桌吃飯。所謂的同桌吃飯也很微妙，道賢超不挑食，而我們的大明星天天都喊著只能吃沙拉，結果天天都破戒，然後第二天再努力運動。

我觀察了幾天，發現陸星宇似乎比想像中安分，完全沒有外出，並沒有出現讓菲菲擔心的情況。當然，因為我幾乎都一個人窩在房間裡寫戲，所以陸星宇有沒有藉著網路跟其他女生談情說愛，這我就不清楚了。

不過，我個人還是傾向無罪推定就是了。

□

「……對了，妳要的腳踏車送來了，就在大門前。」道賢幫我準備完餐具，離開飯廳前說道，「可是，妳不會騎腳踏車吧？」

「我是不會啊。」我把爐火關小，「可是我想推著腳踏車走路看看，說不定也會練習騎騎看。」

「要出門我可以載妳，或者叫助理來接妳，不必這麼辛苦。」

「我不是要出門啦，我是想了解一下《從師生開始》女主角老是推著腳踏車走回家的感覺。孫道賢，你不知道我可是認真工作的好孩子嗎？」

「哈，那，等我回來教妳騎車好了。」

「真的嗎？你真的要教？」

道賢點點頭，「不過，學騎車跟戀愛一樣。」

「什麼意思？」

「怕痛的話，永遠都學不會。」

「你這人什麼時候變得這麼有梗了？」

他笑著聳肩，「再怎麼說我也是個寫得出劇本的導演啊。」

「那以後你就自己寫別找我了。」

「那怎麼行，我還打算靠這段時間讓妳對我日久生情呢。」

很難確認道賢到底是帶著什麼樣的心情說出這樣的話。

他的語氣輕鬆，神色自在，一點壓力也沒有，然而我卻隱約覺得，他只是用某種毫不在意的輕佻來掩飾自己的真心。當然，也很有可能是我太自戀，以為道賢的心還牽掛著自己，這個可能性應該更高吧。

我瞇起眼，「你喔……要去應酬就快出門啦。」

「真是的，今天去應酬真划不來，難得妳滷豬腳呢，聞起來好香。」

「反正陸星宇只能吃沙拉，我保證你回來時一定還有得吃，可以了吧。」

道賢雙手抱胸，「為了我們陸天王好，記得別拿豬腳誘惑他。」

「我又不是你！」我打算一個人抱著整鍋豬腳嗑完啦！

「我是怕妳被他的粉絲打。」

「噗。」

□

道賢才剛離開，陸星宇就下樓了，那時間點巧妙得讓人覺得像是安排好的。

明明只是穿著捲起袖子的白襯衫和看不出品牌的牛仔褲，卻已經像幅了不起的電影海報。我站在整鍋豬腳前，呆呆地看著他從冰箱裡拿出冰鎮好的沙拉，認真工作如我，想著的是新戲裡那位總是能讓女孩前仆後繼的男老師，大概也就是這種感覺吧。

「——我臉上有東西嗎？」

「唔？」

「妳知道妳一直用茫然的眼神盯著我看嗎？」陸星宇並沒生氣，語氣反倒帶著笑。

我有點窘，「不好意思，恍神了。」

「……這鍋，是什麼？」陸星宇難得對食物好奇，也是啦，當明星的基本上都是吃空氣維生。

「袁家秘傳醬味滷豬腳。」我揭開蓋子，拿出預備好的大碗和夾子，開始把豬腳夾進大碗裡。

「雖然我可以理解一般人不太需要進行飲食控制，不過，妳真的挺會吃的。」陸星宇雙手抱胸，似笑非笑地看著我。

「你現在是說我胖就對了？」對啦對啦我也知道自己的腰圍大概比菲菲多五吋，這樣你高興了吧？

陸星宇微笑，「圓圓的不錯啊，有食慾比較健康。」

「哼。」果然覺得我很大隻。

「妳，現在還喜歡吃甜甜圈嗎？」

我愣了下，「甜甜圈？什麼甜甜圈？」

「……不，沒什麼。」陸星宇搖搖頭，把他的沙拉端到飯桌上，拉開椅子坐了下來。

「我真心覺得你很厲害，很有自制力。」我說道，「其實我也試過晚餐只吃沙拉，結果撐不到三天就放棄了，第三天晚上一個人嗑掉了整張12吋的超濃厚莫扎瑞拉黑椒牛小排雙層培根夾心披薩。」

陸星宇愕然，幾秒後笑出來，說道，「妳真的很有意思。」
「唉，反正我的食慾被當成笑柄也不是一兩天了。」
突然覺得自己很有種，在全世界都認同的男神面前這麼不在意形象，這也算是異常勇敢了吧。
「那，妳今天目標就是吃完這一大鍋豬腳嗎？」他倒是興味盎然。
「這整鍋少說也好幾斤，吃不完的。話說回來，豬腳還是放涼才好吃，等放涼之後皮ＱＱ的再來啃。」我說道。
陸星宇像是聽到川普要來台灣選總統似地看著我，「啃？妳說啃？」
「很難懂嗎？」
「雖然知道妳大剌剌的，但是身為女孩子家，要把這整隻豬腳拿起來啃，會不會太誇張了點？」陸星宇一臉難以置信的樣子，「老實說我沒看過女孩子這麼不計形象的。」
「那是因為你身邊都是女神路線的。」
「妳真的要啃豬腳？」陸星宇又問一次。
「——你放心好了，我會拿回房間偷偷啃，免得傷了我們陸天王的眼。」
我哼了哼。

陸星宇靜了幾秒後，忽地笑了出來，「別這樣，啃給我看吧。」

「啥？」把我當小丑就對了？「你有毛病。」

「欸，妳別走，我是認真的。」

「我也是認真的，我真心覺得你有病。算了，我要回房寫戲，你自己愛吃什麼吃什麼吧。」

「等一下，」陸星宇伸手橫擋住我，見我停下腳步後收回手，微笑，「一個人吃飯很無聊。」

「你可以端著沙拉去客廳吃，那裡有超大電視。」

「還是很無聊。」

「所以你想怎麼樣？」

陸星宇望著我，輕輕地撫著下頦，「妳陪我吃飯吧。」

「喂！你真以為我那麼閒啊？」

「我會報恩的。」

「報恩？報什麼恩？」

「等妳『啃』完豬腳，我教妳騎腳踏車。」陸星宇不知是不是故意，強調了「啃」這個字。

「我不要學。」

陸星宇有點訝異，「妳剛剛明明就想讓孫道賢教妳，妳不是說想抓住裴松兒騎腳踏車的感覺嗎？」

我嘆口氣，「話是沒錯，可是仔細想想我又不是演員，只是編劇，幹嘛這麼認真，反正演松兒的演員會騎車就行了。何況與其花時間學騎車，不如多寫幾場戲比較實在。」

再說了，道賢很可靠，你就……真的要學也不會想找你。

還有，你是什麼時候聽到我跟道賢講話的？你不是一直在樓上嗎？

當然這話我並沒說出口。

陸星宇不置可否，「不然，妳講戲給我聽吧。」

「先生，有資格講戲的也只有導演，我又不是孫道賢。」

「妳就坐下來吧。」陸星宇似笑非笑，「再這樣僵持下去，妳寫不了戲我也吃不了飯，不是嗎？」

想想也對，與其站在這裡扯，不如盯著他快點把那盆沙拉吃完搞不好還省事一點。我轉身拉開陸星宇對面的座椅坐下，「竟然喜歡別人看你吃飯，這要求我還真是沒聽過。」

「小姐，妳知道有多少人想這樣面對面看我吃飯嗎？」

「如果可以的話，我應該把這個機會高價賣出才對。」

陸星宇對我的答話沒生氣，只是拿起叉子時淡淡地問了句，「——妳很討厭我？」

「幸好我沒在喝水，不然一定噴出來。」我皺眉道，「你在說什麼啊。」

「這是，把妳對我的態度，跟其他女孩子對我的態度相比之後得出來的結論。」

「我沒有討厭你。充其量只能說，我不是你的影迷。」

「那妳是誰的影迷？」陸星宇頗具興味地追問。

「貝蒂．戴維絲啊。」

「我指的是男演員。」

「年輕時的馬龍．白蘭度。」

「我指的是跟我一樣現在仍然在銀光幕上的演員。」

我想了想，「……豆豆先生，羅溫．艾金森。不然，傑克．尼克遜？啊不對，傑克好像退休了。」

「……」陸星宇露出受不了的表情，「喜劇演員和影帝除外、而且要三十歲以內的，好嗎？！」

「……糟了，那都不熟……」我很努力在腦海裡翻找著，終於有張臉浮現。我拍手叫道，「想到了！」

「不是喜劇演員也不是影帝，三十歲以內的？」

「嗯嗯。」

「東方人？」

「韓國人，朴敘俊。」

陸星宇明顯露出「喔他啊」的神情，勉為其難地點點頭，「……之前見過幾次。」

「是嗎？本人帥嗎？我覺得他很可愛，笑的時候純情，不笑的時候超酷呢。」

「本人就跟照片上差不多。」陸星宇臉色有點難看，「妳喜歡小眼睛的男生？」

「沒有限制啊，五官搭在一起可愛、帥氣就行了。」

「等一下，難道妳覺得羅溫．艾金森還有傑克．尼克遜可愛帥氣？！」

我真是被打敗了，「我覺得他們很有才華，是欣賞他們認真演出，懂嗎？！」

「……原來如此，嚇死我了。」

「你才莫名其妙。」我嘟囔著。

陸星宇像個好奇的孩子，追問道，「撇去才華演技不說，光就臉孔來看，妳喜歡哪些演員？男的。」

「只看臉孔嗎……」我想了想，「年輕時的馬龍．白蘭度。」

「怎麼又是他！」

「不行嗎？我就是他影迷啊，怎麼樣。你是沒看過他海報和電影吧，都不知道他有多帥呢。」

「……」

陸星宇看著我好一會兒，神情複雜，但並非生氣，似乎覺得我是個大笨蛋，但又不能拿我怎麼辦。

我回望他，看著他那張精緻的臉，我忽然恍然大悟——

「啊，」我給出大大的笑容，「問了老半天，你是希望我說出你的名字吧？」

陸星宇瞪大眼，「並不是！」

「嗯……仔細一看你眼睛很大呢，難怪你說我們敘俊小眼睛。」我傾向前，仔細地端詳陸星宇，不能否認要當天王姿色果然很重要。

陸星宇沒後退，反倒把臉湊近，「妳在幹嘛？」

「……好吧，單以臉孔來說，你的臉勉強可以算是我喜歡的型。」

「勉強？！」陸星宇往後踢開椅子站了起來，「妳說勉強？！」

我縮回身體，「幹嘛這麼激動，你是長得很英俊啊，我不否認，而且單就臉來說也算是我的菜──你不就是想聽到這些嗎？」

「袁若紫，妳的意思是，我個性就不是妳的菜了？」陸星宇居高臨下看著我。

「你這人怎麼這麼扭曲啊。」

「妳自己說『單就臉來說』，意思不就是其他部分不 OK 嗎？」他沒好氣地說道。

我嘆了口氣，「不是你的問題──不對，精準來說，不是你人格或外型上的問題。」

「那是什麼問題？」

「是身分問題。」

陸星宇不解，「身分問題？」

「我對明星沒有興趣，就是這樣。」

「……所以是我的職業不 OK？」

「對對，是職業沒錯。應該說，我對任何公眾人物都沒有興趣。」

陸星宇彷彿理解似地點點頭，「公眾人物是很麻煩。」

「知道就好。」

「所以，我沒有其他地方讓妳不滿的？」

「沒有啊。」除了過度好奇跟喜歡別人陪吃飯這點有些詭異之外，其他是還好。我看著陸星宇，「話說回來，你不覺得討論這些很奇怪嗎？」

「哪裡奇怪？」

「哪裡奇怪喔……我也說不上來……但總之就是覺得有點奇怪。」總覺得這串話題不該存在於我跟他之間，但一時半刻也不知理由是什麼。

陸星宇重新落座，發出一聲非常輕微的嘆息。

「怎麼了？很難吃嗎？」

「我一口都還沒吃呢。」

「也是，叉子都還乾乾淨淨的。」

「問妳。」

「嗯？」

「妳的擇偶條件……妳覺得男生要多有錢才可以。年薪千萬？身家上億？」

我差點沒笑噴，「拜託，你沒看到我的臉嗎？問這什麼傻問題。」

「哪裡傻了？」陸星宇又不解了，「跟妳的臉有什麼關係？」

「年薪千萬的人最好是會看上我啦。」唉，真是傷感。我說道，「你問這幹嘛？」

陸星宇淡淡答道，「好奇啊，難得身邊出現不是演藝圈的人。」

「再怎麼說我也算是半個好嗎，人家可是幕後工作者呢。」

「所以，幕後工作者對男朋友或者老公的薪水大概都怎麼要求？」

「說真的我沒想過。」我側著頭想了想算了算，「平均來說，每個月比我多賺一萬塊就好。」

「一萬？人民幣？不會是英鎊吧？」

「新台幣啦。」

陸星宇盯著我，「為什麼只要多一萬？」

「什麼為什麼？」

「一般女孩子，不都會希望嫁個好老公嗎？除了長相重要，經濟能力也很重要，不是嗎？」

「那個是『夢想』，這世上哪來那麼多高富帥？你以為是亮亮魚的小說啊。至於那個一萬塊嘛……本來想說，只要跟我一樣，兩個人生活方式差不多就可以了。不過說真的還是會覺得如果男生多賺一點，比較有安全感。想要有安全感，又不想過度高攀，所以一萬塊級距是剛剛好的吧……」

陸星宇像是聽到什麼發人深省的故事般，沉靜地望著我。

這個人，光是這樣的眼神，就能迷倒萬千少女吧……

不對，他就是靠這眼神吃飯的啊，袁若紫妳這個白痴。

「……妳覺得錢不重要？」

「那我還賺它幹嘛？」我忍不住小小嗆了一句，「錢很重要，超重要的。只是，我知道自己的能力，不會去做些遙不可及的夢。」

「比方說嫁入豪門之類的？」

「豪門飯碗不是人人都端得起的。」

陸星宇揚起淺笑，像是在觀賞什麼小動物似的，「妳很坦白，也很直接。」

「你可以直說我不圓滑沒禮貌。」

「呵。」陸星宇看了眼瓷碗裝的豬腳，「——應該涼了吧，要啃了嗎？」

「你就這麼想看我啃豬腳？」

「我是真的沒看過女孩子啃豬腳，非常好奇。」他把整碗豬腳推向我。

我真是受不了這傢伙，「你認識的女生該不會只喝香水就能活吧？」

「差不多喔，只要有紅酒、香水、化妝品就可以了，不食人間煙火。」

「有種我是動物園裡的動物，現在要表演吃食秀的感覺。」

陸星宇笑得更深了，「這世上應該沒有動物會用手抓豬腳啃著吃。」

「你這個人真的很討厭。」

03

「你不可以放手、絕不可以！」

「我說過不會。」

「那為什麼你的聲音愈來愈遠？！」

「錯覺。」

「你真的有好好扶著嗎？我覺得很不穩。」

「有啦，妳放心往前騎。」

「可是真的很不——穩！哇、陸星宇你……」

「欸！妳沒事吧？讓我看看……」

「陸星宇你很惡劣、說話不算話！你根本沒扶住我！」

「妳流血了，很痛嗎？」

「是嗎，你也看到我流血了啊？也不想想都是誰造成的。」

「我扶妳回去上藥。」

「不用你管，我自己走。」

「妳根本站不起來。」

「我才不要兇手假好心，等等說不定走沒兩步你又暗算我。」
「妳怎麼這麼小心眼？」
「『女子由來心眼淺』，這句話你最好這輩子都給我牢牢記住。」
「這句話我記不記得住不知道，但妳猙獰的表情我確定很難忘掉。」
「你還笑！」
「沒有沒有，好了，至少讓我扶妳起來。是我不好，我誠心道歉。」
「哼。」
她比想像中重。
也許是吃太多豬腳的緣故吧，哈。
扛起她的時候，她的馬尾鬆脫，幾絡柔細的髮絲拂過我的臉。
走進大門後，笨手笨腳的她——或者該說手殘腳殘的她——不小心絆倒了我。這是我第一次這麼慶幸孫道賢找了個有大腦的室內設計師，知道玄關應該要鋪層地墊。
我想她應該也很慶幸，好在有厚厚一層地墊，她受傷的手不至於二次受傷。
我倒是沒什麼，只是從她身上努力起身時，顯得有那麼一點兒不自然就是了。

「……我覺得，你以後晚上最好連沙拉都不要吃。」被我壓在身下的她如是說。

我打從心裡笑了。

雖然看她受傷很可憐，受了傷一進門還跌倒更可憐，但不知為何，我卻有點開心。

我想，我一直以來都是壞心的人吧。

□

「欸，妳別動。」

「那是我本能啊，這消毒水超痛的，一碰到傷口我就想躲嘛！」你根本是故意的吧？有必要一次倒這麼多在我傷口上嗎？你老實說就是想看我哭，對吧？

陸星宇面無表情，「傷口不處理好會發炎，一發炎就容易留疤，好好的女孩子一身傷，能看嗎？」

「那男生一身傷就可以？」其實已經不知道自己在亂嗆什麼了。

「男生有傷，有時候還滿酷的，不是嗎？」

「你以為是艾爾・帕西諾的《疤面煞星》嗎？」

「妳真的真的很喜歡看電影。」陸星宇使勁扳直我的腿，沉聲，「別動。」

「拜託，別太用力，」我忍不住求饒，「欸你幫忙看一下，這消毒水是不是過期了？超級刺痛的……」

陸星宇抬頭看著我，一手還握著我的腳踝，似笑非笑，「反正妳今天啃了不少豬腳，吃豬腳補豬腳，一定好得很快。」

「陸星宇！」你這個傢伙！什麼叫吃豬腳補豬腳，你給我說清楚，「明明就是你害我摔車的，你還好意思講這些風涼話！」

他淡定一笑，「……摔車不好嗎，妳知道有多少女生做夢都想被我包紮嗎？」

「我相信有很多，而且數量說不定還相當驚人，但她們一定不知道你這麼粗暴，還用過期消毒水吧。」

「其實妳話還滿多的。」

「……你想叫我閉嘴就直說啊。」怎樣我就是囉嗦啦。

「話多也沒什麼不好，」他還是沒放開我的足踝，「至於『讓妳閉嘴』嘛，我想用『叫』的並不是什麼好方法。」

語畢，陸星宇猝不及防，就這麼把沾滿消毒水的棉片直接蓋上我傷口。

然後，我跟他就同時尖叫了。

「對不起！」我滑下沙發，跌坐在地毯上，顧不得打翻的消毒水，往前爬向陸星宇，「你沒事吧？」

「小姐……妳是少林弟子，練過大力金剛腿是吧？」被我狠狠踢中頭臉的陸星宇有些狼狽地跌坐在地毯上，撫著臉頰，但似乎沒很生氣，「哪裡不好踢，踢我生財工具，妳這樣對嗎？」

「真的很對不起，我不是故意的，因為太痛了，所以……」我靠近他，「真的踢中臉了嗎？沒踢到鼻子吧？」

「不知道……妳師父是不是少林方丈、法號夢遺啊？」

「噗。」我不禁笑了出來，但仍想看看是不是真踢傷他了，「欸，讓我看看你的臉。」

陸星宇倒沒什麼猶豫，放下手，我拖著受傷的腳，移動身體靠近一些。

「……唔，好像還好嘛……你太誇張了。」

嘖，害我自責一下，沒什麼外傷嘛，跟我痛得要死還破皮流血的傷口相比，最多只能算有點發紅就是了。

陸星宇瞪大眼，「妳近視有這麼深嗎？看清楚一點，這張臉有保險的，價值三億！」

哇那我剛剛那腳有沒有踢出個兩三千萬啊？

好險沒什麼外傷，不然我就算不必賠錢，也一定被他的粉絲抓來五馬分屍。

「真的假的……」我再度靠近陸星宇的臉龐，湊近端詳，嗯，是有點紅，但不到發腫的地步，不過，如果踢歪（？）了，很可能傷到眼睛，「那……我去拿冰袋給你敷一下好了。」唉沒辦法我人就是好。

陸星宇按住我，「妳就乖乖坐著別動吧，我自己去拿。」

「喔……那記得順便拿條抹布來，消毒水已經全灑在地毯上了。」

剛從地毯上起身的陸星宇看著我，彷彿我在說什麼火星話，幾秒後他才忽地一笑，「真是拿妳沒辦法。」

「什麼意思啊？我怎麼了嗎？」

「沒事。」陸星宇輕笑。

怪人。

第一次看到有人被踢臉還笑得出來的。

八成是我踢得不夠重瞄得不夠準，一定是的。

□

第二天早上，寫戲寫到凌晨才睡的我，在半夢半醒間，被有史以來聽過最恐怖的尖叫嚇醒。

就在我翻滾下床時，我一度曾經疑惑這裡是不是《養鬼吃人》之類的拍片現場，那尖叫也未免太可怕了。

我抓了件外套衝出房，聲音是從對門陸星宇房間傳出來的。

打著赤膊只穿著短褲的道賢跟我一樣意識不清地站在走廊上面面相覷，看著陸星宇房間半敞的門。

「……妳，剛剛有聽到……」道賢講到一半不禁打了個大呵欠。

我點點頭，「有人在叫。」

道賢皺著眉，往前幾步，伸手推開房門，我跟在道賢身後，躡手躡腳地走了進去。陸星宇房間裡有三個人，除了背對著我們的大明星本人之外，還有兩個男生助理，小徐和小崔。一看就知道發出恐怖尖叫的是小徐，因為他到現在還用雙手緊緊捂著自己的嘴，萬般驚恐。

至於另一位長相非常帥氣，相當有機會成為新一代男神的小崔，則是拿起了手機，正在撥號。

「——不是說了，沒什麼需要通報的。」陸星宇沉聲說道，「別把我的話當空氣。」

小崔無奈地放下手機，轉頭看向我和道賢，鞠躬行禮後，哀求般地向陸星宇說道：「可是，出了這種大事，如果我們不回報，到時候——」

「到時候有我在，沒什麼好擔心的。」陸星宇淡然說道。

道賢走上前，「發生了什麼事？我們剛剛聽到很恐怖的尖叫。」

小崔轉而向道賢求助，「孫導演，你來得正好，幫忙勸勸星宇哥，他不讓我們通報經紀公司跟劇組。」

「通報什麼？」道賢問。

小崔苦著臉，答道，「星宇哥的臉，受了很嚴重的傷，都瘀青了。」

「什麼？！」這次是我跟道賢異口同聲。

陸星宇大概是聽到了我和道賢的聲音，這才轉身面對我們，「……吵到大家，不好意思。」

「天哪！」我不禁叫了出來。

陸星宇的顴骨明顯青紫了一塊，他迎上我的目光，竟露出「噓，保密」的孩子笑容。

小崔一臉「完蛋了我非被開除不可」的表情，說道，「星宇哥不讓我們通報公司，這樣是不行的……他傷得這麼重……而且還是在臉上。」

道賢走向陸星宇，「你這……是在哪撞傷的？」

陸星宇淡淡答道，「健身時弄傷的，運動傷害。」

「恐怕要好幾天才會完全退掉。」道賢看看哭喪著臉的小崔和小徐，向陸星宇說道，「你不讓小崔通報，他們很難做。而且你的臉有保險吧？應該要申請理賠。」

「很痛吧……」不用說也知道，那一定就是我的傑作，我想走近一點，但又沒有行動。

陸星宇扯扯嘴角，「通報的事我自己處理，我會跟公司聯絡。小崔你們就先回去，今天明天剛好都沒有行程，後天的表演課先取消，這樣就好。至於若紫老師……既然妳是在場唯一一位女性，我相信妳的動作會是最輕柔的，可以幫我冰敷一下嗎？」

我當然毫不猶豫地點頭，畢竟犯人就是我啊。

道賢雙手抱胸，苦笑，「過兩天要試造型呢。」

陸星宇淡淡地答道，「我相信在若紫老師的照顧下，會好得很快的。」

道賢聞言看了我一眼，帶著一絲疑惑，我只好聳聳肩，裝傻。

「……你別動啊，這樣冰袋會掉下來。」

坐在陸星宇的床邊，我一直在想辦法讓冰袋固定在他臉上，問題是，他還活著，不，我的意思是，他總是會動來動去，冰袋當然也就沒辦法穩穩地發揮作用了。

「暴力女。」本來閉著眼的陸星宇忽然睜開一隻眼，促狹一笑。

「欸！你這是什麼態度啊？」

「對待肇事者的態度。」

我哼了聲，「如果不是你害我摔車，我就不會受傷，我不會受傷，你就不用幫我上藥，你不用幫我上藥消毒，我就不會痛，我不會痛，就不會反射踢到你——你不覺得這完全就是你自找的嗎？」

「學腳踏車哪有不摔車的。」

「你還說。」

陸星宇主動拿下冰袋，靠著床頭坐起，「妳的傷怎麼樣？」

像我們這種就算保個壽險也不會超過五十萬的人，怎敢勞煩你一張臉就能保到三億的天王巨星垂詢？

「就那樣啊，後來就貼個OK繃，晚上洗完澡重新塗了碘酒，以上。」

「小心別發炎，會留疤的。」

我又不是靠腿吃飯，有點疤不至於嫁不出去啦。「沒那麼嚴重。倒是你……不知道這塊瘀青多久才能消。」

陸星宇輕笑，「這妳別擔心，靠化妝師就行了。」

「化妝師？」雖然大致上也知道就是靠粉底掩飾，不過總覺得不太可靠，「真的能做到看不出來嗎？」

陸星宇點點頭，「現在的化妝師都很強大。」他頓了頓，忽然湊近我，「妳不化妝的？」

「又不出門見客，在家裡化什麼妝。」好吧就算有時真的要出門，除非公務在身，不然我還是素顏居多。

「這樣很好。」陸星宇給了個莫名其妙的結論。

「欸你躺回去吧，繼續敷冰袋。」

「可是很無聊。」

「你可以睡覺啊。」

「睡不著。」

「閉著眼睛久了就會睡著了。」

陸星宇側頭望著我，明明就受了傷，但那張風靡萬千少女的臉，好看還是好看。

「妳講故事給我聽好了。」

我愣了一下，「講故事？」

「對，講故事。」

「講⋯⋯講什麼故事？我不會講故事。」

「童話故事就可以了，《睡美人》、《白雪公主》，總看過吧？」

我很訝異，從來就不知道陸星宇是這樣的人。

「你認真的嗎？」

堂堂一個大明星要聽兒童故事？

把這消息拿去爆料不知道能賺多少錢。

「不然，講《美女與野獸》也可以。」

「《美女與野獸》？那就是一個美女被綁架之後愛上綁架犯的故事啊。」

陸星宇意味深長地望著我，「美女愛上綁架犯的故事嗎？」

「不然呢？」

「我滿好奇的。」

我問，「好奇什麼？」

「如果是妳被綁架，妳會愛上其貌不揚的野獸嗎？」

我真是被打敗了，「野獸只喜歡美女，不會來綁架我的啦。還有你快躺好，一直講話怎麼冰敷。」

「所以，妳就說個故事給我聽吧。」

真像個孩子。

我在腦海裡搜尋著，想到一個我從小到大都很喜歡的故事。

「不管什麼故事都可以嗎？」我問。

「對。」

「……那我要講囉。從前從前，在日本……」

有一尾懷孕的美人魚，日夜都待在陰暗的北方大海裡。

她看著海岸邊人類的城市，心裡想著，也許應該讓生下的孩子，跟人類一起生活，而不是像她一樣，一直在陰暗淒涼的海中浮浮沉沉。

於是，美人魚媽媽真的把生下的小人魚，送到海神神社前，希望能有好人來領養自己的孩子。她聽說人類都非常善良，於是抱著這樣的期待。

後來，有一對開蠟燭店的老夫婦，在參拜神社的途中發現了小人魚，沒有孩子的老夫妻於是認為是神明的旨意，便把小人魚帶回家撫養了。小人魚長大之後成了一個非常美麗的姑娘，雖然足不出戶，但不知為何非常會畫畫，並且將海底的景物畫得十分生動出色。

老夫婦對人魚女兒很好，供給她所有想要的顏料，而人魚女兒也開始在蠟燭上作畫。畫著非常漂亮圖案的蠟燭開始大受客人歡迎，女兒也因此更努力作畫了。不知這樣過了多久，老夫婦因圖畫蠟燭而發了財，人魚女兒卻變得像畫工般無法休息，只能不停地畫著蠟燭，如果稍稍停手，就會被已經利慾薰心的老夫婦責罵。

即使如此，人魚女兒還是沒有怨言，只是偶爾會在深夜，靠著窗邊拚命地往海邊看，偷偷流淚。

有一天，鎮上來了一個大馬戲團，團主聽聞有會畫畫的美人魚，於是想盡方法要讓老夫婦把人魚女兒賣給他，開出了非常驚人的價錢。老夫婦起初還是猶豫，但團主最後還恐嚇他們，說人魚會帶來不祥，如果老夫婦想安養天命，最好收了錢之後把人魚讓給他，讓他帶到南方去。

最後，老夫婦答應了。

人魚女兒不管如何哀求，保證一天可以畫更多蠟燭，但已經被團主說動的老夫婦鐵了心，最後眼睜睜看著馬戲團的人運來大鐵籠，要把人魚關籠帶走。人魚女兒在被拖走之前，都還拚命地畫著蠟燭，只是最後幾支，因為悲傷難過，而全都塗成了鮮紅的顏色。

當晚，載著人魚和馬戲團的大船啟航了，要去遙遠的南方，把珍貴的人魚送去展覽。沒想到大船出海後遇上了風暴，就這樣沉沒消失在大海中。

後來，在某個下雨的夜晚，有一名女人上門指名要買紅色蠟燭，老夫婦收了錢之後，卻發現那根本只是貝殼。以前用有圖畫的蠟燭到海神神社可以祈求平安，但後來大家謠傳，只要點起了鮮紅色的蠟燭，就會遭到不幸，遇上海難。

久而久之，這座依靠海神神社而興盛的小鎮就這樣敗落了，而後航行到附近的海員們，時常會看到廢墟般的城鎮裡，飄蕩著紅色蠟燭般的光點。之後，再也沒有人願意到那座小鎮去了。

陸星宇聽完，緩緩地嘆了口氣。「……好淒涼的故事。」

「嗯，是滿淒涼的。」

「從哪裡聽來的故事？」

「這是日本作家小川未明的作品。」

陸星宇拿下冰袋，凝視著我，「妳小時候都聽這些長大的嗎？」

我聳聳肩，「我媽媽很喜歡日本文化，日本故事。就連我的名字也是跟日本文學有關。」

「我知道，《源氏物語》。」

「你知道？」這是第一次有人說得完全正確，「你怎麼會知道？啊，是菲菲說的吧。」

陸星宇不置可否，忽然說道，「我覺得我的臉有點沒知覺了。」

「真的假的？！」拜託別嚇我。我抬起手，遲疑，「我可以碰一下嗎？」

他點點頭。

於是我伸手輕觸了一下剛剛冰敷的位置，「應該每隔十五分鐘就要休息一下，不然皮膚會受不了。」

就在我要縮回手時，陸星宇按住我的手。

我的掌心貼在他頰上。

「你幹嘛？」我不禁皺眉，想抽回手。

「熱敷。」他理直氣壯。

「笨蛋。」不知為何我忽然不敢迎視他的目光，使勁抽回自己的手，從他床邊站起，「你，你好好休息，我等下再來。」

□

她很訝異我知道她的名字和《源氏物語》有關。

這有什麼好訝異的呢。

我只是在網路搜尋她的消息時，無意看到了有這麼一本書，書裡有個同名的人物罷了。

她應該訝異的是，為什麼我會在網路上搜尋她的消息。

當然，這話我並沒有說出口。

她離開房間之後，忽然間我想起菲菲，發了通訊息給菲菲，問菲菲在做些什麼。

菲菲很快就回訊息了，沒說正在忙或者休息，只回我一句：

——你怎麼會突然關心我在做什麼。

——我想到妳。

菲菲回了個非常驚恐的貼圖。

剎那間我有點難過，為自己，也為菲菲。

我知道自己為什麼想到菲菲，那理由很糟糕，卻也很真實。

就在我握著手機，不知道該輸入些什麼時，菲菲傳了一張自拍照來。

豔光四射，正在做造型，嘟著嘴，很可愛。

比那傢伙漂亮可愛不知道多少倍。

我還有什麼不滿足的呢？

□

我按按自動鉛筆，在筆記本上亂寫亂塗。

一旁的《從師生開始》已經被我翻得快散了。

我看著之前畫的人物關係圖和會議紀錄，考慮著怎麼增加、在何時增加床戲的部分。沒錯，床戲。為了收視率，不讓陸星宇上陣滾個床單實在說不過去。但是這部戲主打的又是純愛，女主角在故事前三分之二還是個高中生，看來床戲就只能落在後面三分之一了。

只不過，這樣一來，前面要衝收視率跟搏話題，就得靠陸星宇的魅力了。

說到陸星宇的魅力……

不知為何，剛剛被他按著手的瞬間重新佔領我腦海，我甩甩頭，驅散這沒必要記住的情景，同時放下了自動鉛筆。

有些隱晦而不清晰的情緒在躁動著。

我閉上眼，然後想起了菲菲，想起了我們的高中時光。

想起我們會一起躲在某個圍牆旁，看著陸星宇和沈顥庭一起走出校門；想起我們總是會在筆記本上寫些似是而非、自以為很文青的句子，或者在練習本上抄寫當時可能很紅但現在看來有點蠢的歌詞；想起我們常常一起在手搖杯飲料店前排隊，一起在放學後到書店翻雜誌；雖然說起來很糟糕，但我們還曾經一起作弊過，結果因為太緊張，差點被發現……

我和菲菲是這樣一起走過這高中三年的。

我們是好朋友，非常好的朋友。

就是這樣。

我緩緩睜開眼，努力揮去那些不知為何而混亂的思緒，端起茶杯，喝了口放得有點久的花茶，想讓自己靜下心來，但手機卻在這時跳出了通知。

——今天晚上我要吃臭豆腐。

不是「想吃」，而是「要吃」。

現在是怎樣，我還真變成煮飯婆了？

——這不是你助理的帳號喔陸天王。

——我知道。

——那你還傳。

——但這是害我毀容的人的帳號。

呃。你現在是要脅我就對了？

——我剛剛不是已經照顧你了嗎？

——妳以為這樣就能贖罪？

贖什麼罪啊?我今天是殺人了還是放火了?還贖罪咧。

——陸星宇你不要得寸進尺喔。

——清蒸臭豆腐，上面要有幾顆翠綠的毛豆點綴，知道了嗎？

——你會不會想太多了？我要寫劇本沒空啦。

——給妳光明正大拖稿的理由，不好嗎？

不好不好，一點都不好，生氣。

——小心我跟菲菲告狀。

——我還在想，妳哪時才會說出這句呢。

——陸星宇！

——對了，等等記得過來替我換冰袋。親愛的兇手小姐。

——……你痛死算了！

陸星宇啊陸星宇你這人還真是不簡單，瞬間就能讓我火冒三丈，完全把我剛剛陷入回憶時的細微傷感心情驅散得一點都不剩。你是不是去上過什麼「如何在三句話內激怒女孩子」的課程而且還以第一名畢業啊?真是服了你。

清蒸臭豆腐是吧，上面還要有翠綠毛豆是吧，你明明晚上就只能吃沙拉還來點什麼菜啊?小心我跟健身教練和經紀公司檢舉你。

□

道賢一走進廚房，就隨即皺眉。

「這味道，不會是臭豆腐吧？」

「看來你鼻子完全沒問題，非常健康。」

「我好像從來沒看過妳吃臭豆腐。」道賢微笑，「我本來還以為妳不吃呢。」

我聳聳肩，「我吃啊，炸的蒸的都吃。今天晚上沒什麼菜，我做了清蒸臭豆腐、京醬肉絲跟蒜苗臘肉。」

「聽起來很棒。」道賢一面幫忙拿碗盤餐具，一面問道，「陸星宇的臉怎麼樣了？有沒有好一點？」

「差不多吧，那個再怎麼樣也不可能馬上好。」

「明天要試造型，他非見人不可了。」

我愣了一下，「明天嗎？」

道賢點頭，「對，明天。」

「是喔……」糟了，良心開始有點不安。

「妳今天寫了哪幾場戲？」
果然來問進度了！
「今天本來想寫何慕桓跟松兒滾床單，後來沒寫，先寫了男二號要加戲的部分。」
「男二號，妳是說曾靖南。」
「對啊，按照之前跟作者談過的，今天寫的是曾靖南偷偷到高雄去看松兒的那幾場。」我揭開電鍋鍋蓋，等蒸氣退去之後瞄了一眼，好險毛豆沒變黃。
「……可以吃飯了。」
道賢轉身，「那我去叫陸星宇下樓。」
「好。」

□

我發現，自己好像總是在想著要測驗她。
這種感覺和期待非常陌生，我不是很能理解為何如此。
我只知道，當自己提出的無理要求獲得回應時，那種開心的感覺令人上癮。

我希望她能替我做得更多。

但這很危險。

最危險的部分在於，我只希望她做，而不是任何人都可以。

晚飯後，我打了電話給菲菲，她沒接，很久之後傳了訊息說跟朋友聚會，問我有什麼事。

沒事。我這樣回她。然後關上了手機。

□

這天下午，道賢開車載我到造型工作室，男女主角今天要試幾個造型。陸星宇搭著上面塞滿造型師、服裝師、保鏢、助理和司機的保姆車過去，大明星陣仗就是不一樣。

出發前我跟陸星宇打了照面。我只能說這個時代的化妝術根本已經神乎其技，到了無所不能的程度。明明早晨看到他的時候青紫瘀痕還在，但是到了下午，不知道他在臉上動了什麼手腳，即使近看也看不太出來瘀傷的痕跡。

化妝果然是最可怕的詐欺。

今天去的造型工作室由一位旅法歸國的名模投資成立，寬敞的純白色大空間聽說是仿照她在巴黎的工作室，盡可能百分百拷貝回來。這位據說對職業生涯已經有些厭倦的名模，打算回來台灣長住，她傾注所有身家開設的造型工作室因為她本身的人氣和出眾的品味，很快就成了演藝圈熱門新寵。

「不會吧，該不會又有人出賣陸星宇今天的行程了吧？」道賢駕著車，在造型工作室所在的大樓附近停住，那棟大樓前有不少記者。

透過擋風玻璃我看了看，「今天是非公開行程，怎麼會來這麼多人？」

「誰知道。」道賢咬著菸，說話的同時呼出白煙。

「真受不了。妳有帶帽子或者墨鏡嗎？」

「我不用吧？」沒有人會想拍我的。

「有帶的話，最好還是戴上安全點。」

道賢打開車上的置物盒，取出一副墨鏡和口罩，「今天完全沒有想應酬媒體的心情，希望不要被發現。」

「可是，我們不是會開車進地下停車場嗎？」

「話雖如此，誰知道會不會已經有些狗仔混進大樓裡了。不過也沒什麼好抱怨的，至少陸星宇人紅受關注嘛。」道賢看我一眼，「妳也知道，演藝圈嘛，有人偷拍嫌沒隱私，沒人拍又哭自己不紅，就是這麼一回事。」

演藝圈嘛，有人偷拍嫌沒隱私，沒人偷拍又哭自己不紅——

這句話真是中肯到家。

我在心裡狂點頭。

果不其然，完全如道賢預料的，停車場往樓上的電梯廳裡根本就已經有幾個老牌狗仔混了進來。他們一看見道賢便連忙上來招呼。

「孫導演好久不見！」

其中一個領頭的我認得，年紀約四十出頭，高瘦身材，戴膠框眼鏡，不分季節都穿著一件已經分不清是灰還是淺卡其色的夾克，瘦削的臉長相平庸，但目光銳利。他是圈內很有名的資深娛樂記者，全名我不清楚，只知道大家都叫他「豹哥」。

「豹哥大駕光臨還真難得啊，」道賢不知道是不是放棄了，拉開口罩，苦笑道，「今天是什麼風把豹哥也吹來了？」

豹哥伸出夾菸夾到染色的手指，指指上方，「咱們小天后李瑾菲發了通知，要不然怎麼專程來堵你們劇組的定裝行程？」

道賢聞言和我同時皺眉，他問，「我們劇組的事跟李瑾菲有什麼關係？」

「她就發消息說，要給陸星宇探班啊，讓我們大家來『見證』一下，」豹哥笑得相當促狹與輕蔑，「李瑾菲呀，之前才被人拍到跟大陸高幹的兒子在紐約同進同出的，今天八成是指望我們給她洗洗白吧。」

我很不喜歡豹哥用這種語氣講菲菲，不由得板起臉。

豹哥用眼角餘光瞄了我一眼，問道賢，「你助理？」

「沒有，我們編劇，袁小姐。」道賢輕推了我一下，「跟豹哥打聲招呼。」

「你好，我姓袁。」我想我的語氣跟臉色應該都不算太溫和。

豹哥發出類似嘖嘖之類的聲音，肆無忌憚地打量我，「袁小姐，我知道，新人嘛，以前在趙心瑜手下的編劇助理嘛。啊喲，現在挺好的嘛，這不，一夕上枝頭了！趙心瑜跟我很熟，她當年從助理熬到編劇主筆花了十幾年有吧，妳就好了，不到三年就能當掛名主筆，真是長江後浪啊。」說到這裡，豹哥那雙不客氣的長眼瞇了起來，「就說我們孫導演眼光獨到啊，上次那個女團主唱你不喜歡，原來喜歡文藝少女啊？」

奇怪了，你這個人到底想表達什麼啊？你有本事就當著我的面說袁小姐妳是靠潛規則才能當主筆，你有本事講講看啊。

道賢不知道是真的修養太好還是不願開罪豹哥這種人物，他只是淡淡微笑，「豹哥說笑了，幹這行的大家不都是真真假假假假真真？我也不例外。」

後來又糾纏了好一陣子，我跟道賢才終於按了電梯上樓。

在只有我們兩人的電梯裡，我真心覺得剛剛的對話相當讓人不悅。不管是說我也好，說道賢也好，說菲菲說陸星宇都好，沒一句話是跟我們工作有關的，只有無盡的桃色新聞和充滿暗示的字句。

「生氣了？」道賢淡淡問了聲。

「我沒你修養好，當然生氣。」

「豹哥這個人，嘴是賤了點，不過，其實他很講道義的。之前有很多事，他反而會替大家擋下來，或者壓壓新聞。看不出來吧？」

我微微一愣，「真的？」

道賢點頭，「嗯。別忘了，我可是做網軍生意的，看過太多惟恐天下不亂的人。」

「豹哥不是？」

「我以前很討厭他，但是，有件事讓我對他完全改觀。」

「是什麼事？」

「妳知道今天要去的是誰的工作室吧？」

我點點頭，「知道啊，香奈兒之前的代言人，那個超級名模吳慧彬的工作室。」

「妳不知道，吳慧彬有習慣性自殺傾向吧。」

我呆住了，用力搖頭，「不知道，完全不知道。」

道賢看向我，「……那是因為，豹哥替她出面壓了新聞。吳慧彬精神狀態其實不太好，常常鬧自殺，割腕吞藥什麼的。」

「但是，」我不解，「為什麼豹哥要特別幫吳慧彬呢？」

「好像從以前就認識吳慧彬了，覺得她滿可憐的吧。」道賢說到這裡，忽地一笑，「不過我知道，豹哥很討厭李瑾菲。」

「為什麼？！」

「聽說——」

道賢並沒有把話說完，因為電梯門就這麼打開了。

而我跟道賢，卻沒有在第一時間步出電梯。

事實上，強烈而刺眼的閃光燈毫無預警地在我們眼前大閃特閃，在那強烈的白熾光線下，因強光而看不清臉孔的菲菲向我張開了雙臂。

「阿紫！」

很難形容今天的試裝行程最後到底變成了哪種詭異的場合。

但是製作人似乎對菲菲的出現抱持著很正面的期待。

對製作人來說，還沒開拍就有這種免費曝光機會，可以說求之不得吧。

雖然在步出電梯時菲菲以極誇張、充滿舞台效果的擁抱讓我跟她的合照殺了不少底片，但是我相信，記者們最後會精選出來的照片，還是菲菲拉著陸星宇燦爛微笑的那些。我跟陸星宇的助理以及其他工作人被推擠到角落，隔著一段距離看著菲菲完美的笑容。

不經意間，陸星宇的視線對上我的，然後，他別過頭不看我。

記者們熱情起鬨要天王情侶檔擺出親暱一點的動作，菲菲甜笑著比出勝利手勢，陸星宇保持輕淺笑容，一如往常。

不得不說，真的是完美的一對。

我想起高中時的點點滴滴，菲菲總是拖著我一起去觀察陸星宇，她確實有著極好的眼光。高中時代啊，怎麼不知不覺一溜煙就過了這麼多年呢？高中時代的我，曾經也很喜歡陸星宇，曾經啊。

這時，道賢悄悄從人群另一端擠來我身邊，「……不覺得怪怪的嗎？」

「你說菲菲來探班的事？」

「妳真是敏銳度欠佳。」道賢看向被大群記者包圍的菲菲和陸星宇，說道，「這麼多記者來採訪堵人，就沒一個人問出什麼讓李瑾菲和陸星宇變臉的話題……妳不覺得這全都是 Set 好的嗎？」

Set 好就 Set 好，這不是很常見嗎？

雖然我不是這圈子裡的核心人物，但是 Set 好的記者會基本上跟洗手間裡的衛生紙一樣，沒有才奇怪。

「沒差吧。」我說。

道賢輕笑，「李瑾菲是厲害角色啊。」

在演藝圈打滾，能闖出名號能走紅，當然不至於多弱小。「為什麼我覺得你講話酸溜溜的？」

「呵，沒什麼，」道賢雙手插在口袋裡，「只是很訝異妳們能當朋友這麼多年。」

「什麼意思？」不當朋友不然當什麼。

「我只是覺得妳們個性太沒有共通點了。」

誰說的，我們高中時看男生的眼光可是很一致的呢。

我在心裡自嘲，但什麼也沒說。

□

後來，陸星宇和女主角試造型時，菲菲和我找了個角落坐下。

她背對落地窗，支開了助理們，像高中時一樣拉著我說悄悄話。

「欽欽，星宇他最近怎麼樣，晚上有沒有一直跑出去混？」果然菲菲一開口就是問陸星宇的事。

「應該沒有，感覺上很宅，足不出戶。」

「真的假的？」菲菲滿臉訝異，「……妳沒騙我吧？」

我皺眉，「騙妳這個要幹嘛？」

菲菲用指尖敲著下頦，「也許，妳被他買通了也說不定。」

「雖然我相信妳應該只是開玩笑，不過我可笑不出來。」

菲菲似笑非笑，說道，「要這樣麻煩妳盯梢，我很不好意思。」

「妳不用不好意思，我其實也沒很認真盯。」

「原來是這樣，虧妳還是好姊妹。」菲菲笑了笑，托腮，看向正在打點造型的陸星宇和幾名造型師，「昨天，星宇是不是發生了什麼事？」

我不解地望著菲菲，「什麼意思？」

「他很難得傳訊息給我，還打了電話。因為實在太難得了，所以我嚇了一跳，問他怎麼了，他只說沒事……是真的沒事嗎？我其實不太相信，畢竟，在一起也很久了，他真的從來沒這樣過。」

我更疑惑了，「妳的意思是，以前陸星宇從來不主動打電話或者傳訊息給妳嗎？」

「除非有事，不然都是我找他，他不太找我。他很久以前就跟我說過，他喜歡耍自閉，叫我要習慣。」菲菲低下頭，淡淡地微笑，「……我總是覺得，他不是很需要我，妳懂的。」

我點點頭，不置可否，視線越過菲菲的肩膀，穿過落地窗，停在對街的十字路口上。已經是秋末了，行道樹的樹梢開始逐漸轉成帶紅的淺黃色，風一吹，落葉飛捲。

菲菲抬起頭，換上歡快的神情，「嘿，我們上次見面是什麼時候的事？有沒有一年了？」

「快兩年了，在日舞影展巧遇的，還記得嗎？」

「有這麼久嗎？妳記性真好。」菲菲笑著，「阿紫。」

「嗯？」

「雖然我們很少見面，也有很長的時間沒什麼聯絡，可是，我們的友情沒有變過吧。」

「怎麼像個小女生一樣突然問這些。」

菲菲搖搖頭，露出一絲微妙的神傷，「沒什麼。」

「不是朋友，就不會替妳當間諜了，好嗎。」我想讓她放心一些，總覺得她很不安。

「很難說，也許妳想藉著這機會對陸星宇下手也不一定。」她挑著眉，隨即笑了出來，「唉，這笑話真難笑。」

但我卻在瞬間想起了陸星宇指尖的溫度——

然後立刻甩去。

「妳真的很無聊。」我說。

菲菲順了順柔亮飄逸的長髮，「如果，我是說如果——」

「嗯？」

「如果有一天……」菲菲停頓下來，吸了口氣，「……算了，說這些也滿無聊的。」

「妳到底想說什麼？」別賣關子啊。

菲菲淺笑，即使我是女生，也同樣覺得她這樣淺笑的樣子傾國傾城。漂亮的女孩子，工作也很順利，應該沒有什麼煩惱才對。

正當我這麼想的時候，她一直握在手裡的 iPhone 忽然發出震動。螢幕上出現某個男人的照片，看起來有點眼熟。大概是圈內人或者什麼上過電視的知名人士吧。

「我接個電話。」她說。

我點點頭，起身，走到落地窗前。

看著十字路口熙來攘往的人群，和這個高級地段特有的、帶著些許異國風情的建築物，有種這一切都並非真實的錯覺。

秋天的天際很乾淨，天空的藍帶著些許透明感。

這種天氣應該帶著書到有噴水池的公園裡……

等等，這不就是《從師生開始》的場景嗎？！

我轉身快步走向自己的背包，從背包裡拿出筆記本和筆，飛快地把想到的畫面記下來——是啊，就是這種感覺，作者說過，這個故事本來就是在秋天發生的，帶有幾分哀愁的童話。

作者亮亮魚（莫名其妙的筆名）是個年紀比我大一些的女生，聽說正職是學校的代課老師，副業寫作，據她自己的說法，要靠寫小說為生的話，大概一天只能吃半片吐司然後沒水沒電睡橋下。一個嚴重缺乏浪漫和夢幻感的女生，寫愛情小說，道賢說那叫反差萌。

亮亮魚在第一次的籌備會議結束後，跑來跟我閒聊：

——最好把它當成悲劇來寫。

——什麼意思？

——因為，這個故事最初最初的結尾，何慕桓和松兒並沒有在一起。

——是這樣嗎？

——對呀，其實一開始就設定成悲劇。

——為什麼呢？妳比較喜歡悲劇嗎？

——悲劇總是比 Happy Ending 更能讓人印象深刻。

——這倒是。

——說到悲劇喜劇，我的責編那時下了個註解——姊妹同時喜歡上一個男人，最好的結局就是誰都得不到。很微妙吧。

那句話到現在為止，仍時常跳上我心頭。

說的是啊。

姊妹同時喜歡上一個男人，最好的結局就是誰都得不到。

菲菲臨走前，很認真地問我，陸星宇有沒有向我打聽關於她的事。

我知道她期待的是「有啊陸星宇一直追問這個那個」這樣的回答，但無論我怎麼翻找記憶，都沒有那部分的事實。

於是我跟菲菲說，陸星宇和她在一起這麼多年，應該早就過了需要向女朋友閨密打聽消息的時期了。菲菲聽到我的話時，秀麗的臉龐上浮現一種森冷的情緒，讓周圍的空氣瞬間凝結。

「我知道妳的意思。可是，妳知道嗎，星宇他三不五時就會問到妳的事。當然啦，我也知道你們不可能有什麼瓜葛，要不是我很清楚知道這些年來他跟妳都碰不上，我早就開始懷疑了。」菲菲說完，收起令人不舒服的表情，甜笑，「再說了，搶閨密男朋友這種爛情節，也只有鄉土劇和三流韓劇才會出現了吧。」

「妳到底想說什麼。」

菲菲挽起我的手，親暱地貼靠著我，「這個嘛，簡單來說，就是我深深相信一件事——星宇他可能跟任何女生在一起，但、絕、對，不會是妳。」她像跳舞般又甩開我的手，輕巧地站到我面前，「所以我才會放心讓妳看管他嘛。」

「最好是看管。」

需要別人替妳看管愛情，妳真的不會累嗎？

還有，妳這話的意思是我很差勁嗎？什麼叫絕對不會是我？

「好啦，我走了。」菲菲說著，戴上了太陽眼鏡，「啊對了。」

「嗯？」

「不管新聞啊媒體啊拍到我做了什麼事，妳記得都要幫我勸勸星宇，讓他別生氣喔，好好安撫他喔，記得。」

「那妳就別做些會被拍到會惹他生氣的事嘛。」我不禁小聲嘟囔。

菲菲嫣然一笑，彷彿我說了什麼幼稚傻話，她再度靠向我，貼著我耳邊，「我很愛星宇，但是，雞蛋可不能放在同個籃子裡——尤其是，當這只籃子已經不太牢靠的時候。」

□

回頭望　伴你走　從來未曾幸福過
赴過湯　蹈過火　沿途為何沒愛河
下半生　陪住你　懷疑快樂也不多
沒有心　別再拖　好心一早放開我

——盧巧音．〈好心分手〉　詞／黃偉文　曲／雷頌德

□

我不是很清楚菲菲今天出現的理由是什麼。

我在試裝時，菲菲拉著她窩在角落裡講些女生話題。仔細想想，這是我第一次看到菲菲跟她一起出現，真的像好朋友般促膝長談。

高中時，菲菲總是說，不能在她面前放閃，所以三個人從來就沒聚在一起過；後來這彷彿變成了某種常態，某種約定俗成。我曾經問過菲

菲，她是看到好朋友有男友就會羨慕嫉妒的類型嗎，菲菲以「我不能說好朋友壞話」的眼神看向我，並沒有開口回答。

我不得不承認，其實我時常懷疑，這兩個女生的友情到底是怎麼一回事。

我想我大概永遠都不會明白吧。

□

重頭努力也坎坷　統統不要好過
來年歲月那麼多　為繼續而繼續
沒有好處還是我　若註定有一點苦楚
不如自己親手割破

——盧巧音．〈好心分手〉　詞／黃偉文　曲／雷頌德

□

理論上，喜歡某個人的話，應該不會想要讓對方難過。

我一直是這麼認為的。

所謂的「喜歡」，可以是愛情上的，也可以是友情上的。

但現在，我看著網路新聞的標題，對照著前幾天菲菲所說的話，我有種「基本上我們真的活在不同世界裡」的感觸。新聞標題其實見怪不怪，大概就是菲菲跟什麼集團的某少爺在私人招待所共進晚餐之後，直奔男方在仁愛路上的豪宅，然後第二天菲菲才離開。

螢幕上的照片很清晰，菲菲和那個男生的臉都很清楚，清楚到我一眼就能看出來那個什麼集團的某少爺就是試裝當天打電話來給菲菲的人。

我Google了一下某少爺，查到的是一連串相當輝煌精采的紀錄，每條新聞，都跟女明星模特兒名媛網紅有關。當然，最新一串搜尋結果，跟他連在一起的就是菲菲。

我把劇本存檔，關上電腦螢幕，走出房間。站在全是灰白大理石色調的華麗走廊上，我看著陸星宇的房門好一會兒，心裡想到的是菲菲的話。

——不管新聞啊媒體啊拍到我做了什麼事，妳記得都要幫我勸勸星宇，讓他別生氣喔，好好安撫他喔，記得。

妳造成的傷害，為什麼要我來替妳收拾善後？

叫我去安撫陸星宇？妳真的覺得一個外人這麼做會有用嗎？

「我才不要。」我喃喃地抗議，接著轉身往三樓走。

沒想到三樓視聽室裡有人，對方手上拿著幾盒DVD，見到我時先是給出帶著「哎呀」感的訝異，接著以極緩慢的速度展開了溫柔的微笑。

「嘿。」

「妳也來找電影看？」

「嗯。」我望著他，他好像並沒有受到那些新聞影響，無喜無怒。「……你拿了什麼電影？」

「考考妳。」陸星宇把DVD藏在身後，淺笑，「**如果有多一張船票……妳會不會跟我一起走？**」

「王家衛，《花樣年華》。」

「**人世間所有的相遇，都是久別重逢。**」

「還是王家衛，《一代宗師》。」

陸星宇綻出笑，以一種非常緩慢的速度，像縮時攝影裡的某種花朵般，靜而從容地釋出。他把 DVD 從背後拿出來給我。

「咦，這不是《花樣年華》，也不是《一代宗師》啊。這是我超愛的《一路順瘋》！怎麼會有這部？道賢竟然有買這部，你在哪裡找到的？」

「跟《風雲人物》擺在一起，『假期電影』那區。」

陸星宇手上的另一部電影，詹姆士・史都華的《風雲人物》，明明就是超級老梗，但每次都還是能騙走我眼淚（還讓我暫時忘了其實我根本不喜歡詹姆士・史都華）。

「你要看這兩部嗎？」我問。

陸星宇搖搖頭，「我想，現在正是看《花樣年華》的 timing 吧。」

他揚起手裡最後一盒 DVD。

這句話讓我心頭一震，他果然知道菲菲的事了，是這樣吧。

「妳想先看哪部？」

陸星宇的問法有點微妙，我會在這裡一起看嗎？而且還不止一部？

「你不是說，是看《花樣年華》的好時機嗎？」

「是沒錯，但禮貌上還是得問問女生的意見。」陸星宇微笑著，走向放映設備，閒聊著，「妳真的很喜歡電影。」

「你上次是不是也這樣說過？」

「也許吧。」他打開大銀幕，按著遙控器，「……並不是每個人都喜歡看電影。」

每個人，指的是菲菲嗎？

「那你喜歡看電影嗎？」

彷彿我問的是個極複雜沉重的問題，陸星宇斂起溫和的笑，思考了一會兒，「我有我看電影的理由。」

他以按下「開始播放」鍵來阻止我繼續提問。

嗯，這是個不錯的方法。

□

花樣年華的劇情不複雜，描寫梁朝偉帶著妻子、張曼玉跟著老公一同搬入了某間大公寓當室友。梁的妻子某日說有事要回娘家，張的老公則出差去了，幾日之後，梁遇見張，問起她的皮包是在哪買的，而張也對梁的領帶發出同樣的疑問。

原來，梁妻和張的老公外遇，買回家的禮物竟還一樣，都是本地無法買到的。梁與張知道這件事後，開始思考這件事是如何發生。於是梁與張兩人試著角色扮演，試著去揣摩自己伴侶為何會另結新歡，最終，梁與張愛上了對方……

「我一直在想，他們是怎樣開始的，現在我明白了。原來很多事情都是在不知不覺中來的。」

以前表演課時看過這部電影，看的是演技，是技術，是導演功力；直至今日，我才終於明白這句台詞寫的是什麼。

她問我喜不喜歡看電影，其實我還好，沒她那麼喜歡。

只是，我現在會因為某個人而開始看很多電影，而那個人，最好永遠別知道。

如果她知道，那麼，再也不會有像這樣的夜晚了。

□

看完《花樣年華》時已經凌晨三點多。

比較糟糕的部分並不是熬夜，或者寫劇本的進度嚴重落後。

而是一件微不足道的小事。

道賢視聽室的沙發太舒服了，以至於我們最後是陷在沙發裡，靠著對方的肩看完電影的。直到電影播完後，必須有個人起身拿出DVD時，我才意識到。

回房後我一直努力回想怎麼會這樣，是怎樣開始的，最後是一句電影裡的台詞成為答案。

——很多事情都是在不知不覺中來的。

□

「怎麼辦?試完裝金主們才說覺得女主角不夠漂亮。」早餐時，道賢丟出震撼彈，「我們金主想換女主角，換成去南韓女團當練習生的小妹妹來演。」

我把牛乳加進咖啡裡，「基於商業考量想要漂亮一點的女生來演松兒，我可以理解，但是這時才說要換角，也太扯了吧。」

「何老師，你覺得呢？」道賢用戲裡的稱呼問陸星宇。

「我覺得長相不重要。」陸星宇淡淡地，「我以為大家事前都先讀過原著了。上面明明就寫著女主角裴松兒是個永遠的女二號、NPC，找一個太漂亮太亮眼的妹妹來演，明顯不正確。再說，這個故事裡最漂亮的角色應該是情敵黎可薇才對，難道不是嗎？」

道賢看著陸星宇，爆出笑，「陸先生好難得說這麼多話！」

「無聊欸你，你自己問人家意見的，現在人家正經八百的回答了，你是有什麼好不滿的。」我忍不住說道。

「但是，跟漂亮妹妹對戲是福利啊。」道賢毫不遮掩的說，「在座大家都是圈內人，不會有人不知道，是有很多男演員要求跟漂亮妹妹對戲的福利吧。」

我哼了聲，「真要這樣，那我就加寫那個最漂亮的角色做夢夢到跟何老師滾床單吧。」

道賢看向陸星宇，「你看，我們阿紫是不是很貼心。」

「我都不知道妳這麼想看我滾床單。」陸星宇瞟了我一眼。

「我這可是為了收視率好嗎。」我抬起下頦，「正所謂忠於職守。」

「說到這個，妳今天早上不是該交六場戲給我，劇本呢？」道賢問道。

呃，昨天電影看太晚，只寫了一半多一點。

「我中午前一定交。」

「說到要做到啊。」道賢喝完杯中的咖啡，吞下最後一口三明治，「我今天有事要進公司，先走了，兩位慢用。」

「欸，先別走，這附近哪裡有超市？」我叫住道賢，「我要去超市找靈感順便採購。」

「問倒我了，妳知道我一向都有私人採購員的。」

「死有錢人。算了，我自己上網找。」

「要用車的話再跟我說，我派車回來。」道賢拿起披在椅背上的外套。

「知道了，再見，路上小心。」我說道。

道賢走後，開放式的中島廚房和餐桌前又只剩我跟陸星宇了。

我決定盡可能不帶心虛地直視他的臉，並且忘了昨天晚上那不合禮數的舉動。

陽光從光潔明亮的大扇白色窗戶灑進屋中，在陸星宇的側臉畫出完美的反光線。

「妳的三明治應該已經冷掉了吧。」陸星宇對站在流理台旁的我說道，「妳剛剛不是說，熱三明治一定要現烤現吃？」

「喔，對呀。」

我走到桌邊，拉開椅子坐下，要是起士融化之後又變硬，那可就划不來了。嗯，我自己也覺得我對食物的執著有點異於常人。

「……好吃嗎？」

「自己做的三明治，如果說好吃就太不要臉了吧，最多只能說『不難吃』。」我抓著三明治大咬一口，盤算著去超市時到底要買哪些食材。

陸星宇輕笑，他的笑總是透著一股柔和的憂傷。

「我覺得妳做的三明治很好吃。」

我肅然點頭，「謝謝您的肯定。」

陸星宇還是帶著笑，眉宇之間那股特殊的氣質，很容易就讓我呆呆望著他望到出神。

「……突然發現其實我比年輕時的馬龍．白蘭度還帥嗎？」

「啊哈哈，沒有啦。」馬龍．白蘭度是馬龍．白蘭度，你是你，好嗎？

陸星宇放下馬克杯，「妳覺得，自己是外貌協會嗎？」

「沒有人不是吧。」

「妳覺得我是不是？」

「你應該是其中翹楚。」拜託別揍我，演員因故痛毆編劇這種事要是傳出去，大家都很難看。

陸星宇不怒反笑，「我覺得，太好看的長相會讓人困擾。」

就像你一樣，只要用臉就可以隨便賺個好幾億這樣嗎？

拜託，這種困擾我超想要的啊！

「總之，我是真心覺得長相不重要。」他重複一次。

「我相信大部分的人都有一套我稱之為『跟這個人面對面吃飯不會想逃』的審美標準在，我覺得要去刻意否認、佯裝自己看重內在，這還滿虛偽的；當然，我並不是在說你。」

陸星宇細細思索著。

「妳這發言，真的會被很多人討厭。」

「我比較好奇你同不同意。」

「老實說，我很同意。確實，完全不重視外表本身就是件虛假的事。即使是個杯子，也會想選自己喜歡的款式，何況對象是人。」他說道，「但是，也許妳不相信，我對『跟這個人面對面吃飯不會想逃』的標準，其實非常非常低。」

「這我相信。」

「妳相信？」他有點訝異。

「看著我的臉還能照吃三餐，這足以證明你對『跟這個人面對面吃飯不會想逃』的標準絕對算不上高。」

「妳要我怎麼接話？如果說『對』，不就意味著妳不漂亮不可愛了？」陸星宇勾勾嘴角，「——妳覺得自己不漂亮？」

「從來沒人說過我漂亮、可愛或者其他正面形容。」

糟了，我又想起以前同學曾經說過的評價——好聽的名字，但人卻不怎麼樣。

雖然不是沒有交過男朋友，但從來沒有誰捧著我的臉說好可愛好漂亮，就連熱戀期也沒有。當然，也沒有因為長相而被告白過（唯一一次被告白時對方的理由是我人很好）。就連道賢也從來沒說過覺得我漂亮可愛。

「我說了，妳會相信嗎？」

「說什麼？」

「妳很吸引人之類的。」

「我會說你人真好，很有禮貌。」

「那就是不相信了。」

唷，你聽得出來啊。

別人說也就算了，但是讓一個光是容貌就價值上億的男神來說，再怎麼想要厚著臉皮相信，也實在覺得太沒可信度、根本不可能。

「對，不相信。」我說。

陸星宇凝視著我，說道，「妳對自己沒什麼自信。」

「這不重要吧。」

「而且妳常常覺得自己不重要。」

被說中了。我決定任性一點地回答，「不可以嗎？」

陸星宇給出帶有理解意味的笑容，淡淡地，還是有些憂鬱感，不再出聲。

然後，我感覺到，我手上的三明治這下真的冷掉了。

陸星宇像是在觀賞奇妙小動物般看著我。

「……我是說真的，長相不重要。」他又重複了一次。

「為什麼長相不重要？」

「知道我為什麼進演藝圈嗎？」他拿著咖啡，淺嚐一口。

「不是因為被星探發掘嗎？菲菲說的。」

「不是。是因為我媽。」

「伯母？」

「嚴格來說，是所謂的『親生母親』。」

這是我第一次聽到，「咦？」

「這是個很長的故事。她是個大美人，年輕時曾經演過電影，後來不小心懷了我，就跟我父親結婚息影。我父親跟她結婚時是一家電影公司的老闆，但後來公司結束，也就是俗稱的破產；我親生母親受不了被追債，就丟下我們父子去了新加坡，不知道用什麼辦法弄到了工作證，在當地的電視台演戲，後來嫁給了那裡的電視台台長。之後好像新加坡那裡又出了狀況，她去了馬來西亞，改嫁給當地的一個橡膠大王。

「長相漂亮是有這種好處，容貌就是她重新開始的本錢。只是，她也有變老的一天。那個橡膠大王最後甩了她，娶了什麼賽車皇后，她回到台灣，跟我見面。那時我父親已經再娶了，娶的是在我父親破產時一樣不離不棄的秘書，就是現在的我媽。總之，我親生母親回來台灣，說了一段她悲慘和迫不得已棄我而去的過往，然後把我簽給了經紀公司。」

「簽給了經紀公司？」

「對，那時我未滿二十歲，她以我法定代理人的身分簽了經紀公司。其實，那份合約可以不算數，畢竟一些細節和她是否真能代理我，都還有一些討論的空間，經紀公司那邊也很有問題，好像只是在學校附近觀察過我幾次，也沒跟我談過，就跟我生母簽了約。反正，她拿了簽約金之後就銷聲匿跡了，如果我拒絕那份合約，走法律途徑，那麼，那家經紀公司當然只好對我生母提告，最後的結果八成就是讓法院通緝她。

「我問我父親該怎麼辦，他讓我自己決定。後來是我媽——現在這個——勸我，就要我想開點，不過就是兩年合約，拍拍廣告跑跑龍套什麼的，就當作人生經驗的一種，也算是對我生母盡了孝道……後來的事妳都知道了。」

「……但並不是每個漂亮的女人，都跟你生母一樣。」

「我也曾經這麼認為，不，應該說，我至今還是這麼認為——只是，我運氣不好，從來沒有遇見過。從大學開始我就在這行打滾，我真的沒見過哪個同輩的女明星跟我生母不一樣。我知道我不能一竿子打翻一船人，可是這就是我的實際人生經驗，這麼說，妳能明白嗎？」他將咖啡一飲而盡。

我搖搖頭，「至少，至少菲菲應該不是。」

他看向我，苦笑，高深莫測，「……她的事，妳可以自己去問她。」

「你這回答很奇怪。你這樣回答，只會讓我胡思亂想，你只要果決地說她沒有，這樣就好了。」

他靜靜地凝視我，半晌，「——如果她沒有，我就會說她沒有。」

「……」

「妳不要露出那種表情，我知道編劇圈也一樣。很多有點姿色的女編劇想辦法上位，跟導演、製作人打好關係，也有很多男編劇努力討好女製作人。至於妳，那是因為孫道賢直接把妳帶在身邊，妳才一路順風順水，不然，小編劇助理怎麼可能那麼快熬成編劇主筆？多少小助理寫了十年還是在幫『知名編劇』當寫手，這生態妳比我更清楚。有他在，沒人敢動妳，也沒人會想從妳身上討便宜。」

我勉強一笑，「道賢說，那是因為我長得不漂亮，製作人們沒興趣。」

「妳還真的相信？我不是很想稱讚他，但他確實很照顧妳，替妳鋪了不少路。」

我把長髮攏在耳後，「……相信不好嗎？至少我覺得這樣也好。至於你說的，我都懂，很謝謝他。」

他看向屋內，「……再笨的人都看得出來，他要的並不是妳的感謝。」

「你現在是鼓勵我以身相許嗎？」

「就算妳相許了，我想孫道賢也不會接受的。他想要的是妳的喜歡。」

「但是，我給不了他。」

「那妳，給了誰？」

他忽然轉頭，再度凝視著我。

這是個好問題，但卻不是個適合跟陸星宇討論的問題，於是我聳聳肩，答道：「最近的話，應該是梁朝偉跟年輕時的馬龍·白蘭度吧。」

S23

外景·日

高雄捷運橘線月台（鳳山西站）

曾靖南走出車廂，確定在此處下車，他看看陌生的月台，選定方向，隨即往出口前進。

S24

外景·日（放學時間）

鳳新高中校外

曾靖南在校門對面的商站前徘徊，有些緊張，也有些期待。

放學時，學生一擁而出，曾靖南來回踱步，怕錯過松兒。

終於，在十幾分鐘後，人潮開始變得稀落，這時曾靖南看見松兒獨自走出校門，轉往一旁腳踏車停車格。

曾靖南（ＯＳ）：

……她還是一樣喜歡騎腳踏車。

曾靖南猶豫要不要衝過馬路，邁步之後又硬生生停下。

曾靖南（ＯＳ）：

說好不能打擾她的……反正，我也只是想看看她過得好不好。

□

「妳要外出？」

當我拎著購物袋打算下樓時，陸星宇剛好也打開房門走了出來。

我點點頭，「要去超市。」

「孫道賢派車給妳了？」

「沒有，」我說，「這種小事就不必勞煩大導演分心了。」

「那，妳沒開車也不會騎車，怎麼去？」

「我有 APP 可以叫計程車。」

陸星宇看著我好一會兒，才緩緩開口，彷彿接下來要說的話幾經盤算那樣慎重。「妳趕時間嗎？」

我搖頭，「不趕。」

「很好，等我十五分鐘，我送妳去。」

「啊？」這發展完全出乎意料，「你怎麼送？」

「車庫裡那輛全是刮痕的 LUXGEN S3，是我的車。」

我嚇了一跳，「我以為那是你助理的！你不是開一輛淡銀色的 Lotus Evora 嗎？我在雜誌上有看過。」

陸星宇勾起嘴角，帶點天真也帶點邪氣地答道，「我是有一輛 Lotus Evora 400 沒錯，但是當我需要像個市井小民一樣四處亂晃、不被發現的時候，我就會換成低調國民車。」

好比說跟女明星夜會的時候？

還好，我忍住沒說。

「妳等我一下，我換件衣服。」

「喔，好。」

……我還以為陸星宇會戴個假髮之類的進行華麗變裝，結果並沒有。

只是墨鏡口罩和品質看起來不怎樣的針織帽，還有全身UNIQLO，全身上下一件名牌貨都沒有，很可能全部加起來不到三千元。

原來所謂的男神變裝，是「百分百平民化」的意思。

「怎麼了，一直看我？」陸星宇的語聲透過著口罩變得有點模糊。

「本來以你會戴假髮假鬍子出門的。」

「其實我有，需要戴嗎？」

我搖搖手，「不用了，你應該沒這麼好認吧。」

「是嗎。」他伸手摸了摸自己的臉，或者該說口罩。

□

S24

外景．日（放學後）
超市
松兒走進超市，看見何慕桓在咖啡角落的小圓桌坐著看書，她注視著何慕桓，不明白自己的選擇正確與否。
何慕桓察覺到有人正看著自己，抬頭，見到松兒後給出溫柔微笑，收書起身。
何慕桓：
為什麼呆呆站著？
松兒拉過一輛手推車，把書包放進去。
松兒：
在觀察你。

何慕桓：

觀察我？

何慕桓接過手推車，與松兒一起走入超市。

何慕桓：

那麼觀察到了什麼？

松兒：

還沒得到結論，你就發現我了。

□

「你今天晚上還是只能吃沙拉對吧？」我站在一片高級牛肉面前，轉頭問道。

「雖然我每天晚上都只能吃沙拉，不過現在好像每天都固定破戒了。」

陸星宇看向冷藏肉品區玻璃櫃裡，等著現切的上等牛肉，「……妳想做什麼料理？」

「正在考慮煎牛排或者紅酒燉牛肉。」

陸星宇雙手抱胸，「做菜是妳的樂趣？」

「是消除壓力的最好方式。」我指著玻璃櫃裡一塊油花分佈得非常細膩均勻的神戶牛，「這個，怎麼樣？」

「嗯，很好吃的樣子。那，這塊呢？」陸星宇指了另一側的近江牛，「這個也不錯吧？」

「我看看，也不錯，而且價錢差不多，嗯，有點難選啊。」我側著頭想著。

這時身穿白色制服戴著壓克力口罩和手套的店員笑容可掬地站到玻璃櫃前，「您好。」

「你想選哪塊？」我問道。

陸星宇湊近看了會兒，「老實說我沒有辨別能力。」

「你剛剛想選近江牛，不是嗎？」

「我只是覺得近江牛好像也不錯，沒有要選它的意思。」

「還是讓女朋友選吧。」店員這時唐突地接了話，而且還笑得很燦爛，一點都不覺得自己在胡說八道。

沒想到陸星宇竟然以輕快的語調接話，「……是啊，讓負責做飯的人來選比較好。」

我不禁瞪他一眼，他聳聳肩，表示無辜。

□

很多年沒有逛超市了。

都不知道現在的超市原來這麼好玩。

光是鍋具和紅酒區就讓人駐足許久。

她看見各式各樣的鍋具、鍋鏟、料理夾等等器具時，就像小孩看到玩具那樣；就像菲菲看到鑽石那樣。

我不由得好奇起來，不知道她看到鑽石時，會是什麼樣的表情。

□

離開超市時，陸星宇停在一家知名甜甜圈店前，他很認真地看著店家前的立牌，上面有各種口味和照片。

總不能讓堂堂天王大人自己排隊吧，而且像陸星宇這種等級的明星，八成已經過很久不用帶皮夾的日子了。

「你想吃嗎？我去買。」

「我請妳吃。」陸星宇說道。

「你有帶錢嗎？」我故意問。

「……這是一個相當好的問題，」陸星宇想了想，「我好像很久沒見過皮夾了。」

「我知道，都放在助理負責揹的包包裡，對吧。」

「這麼說起來好像是。」

我就知道，「你想吃哪一種，我去買吧。」

「妳要選哪一種？」

「甜甜圈嗎，當然是要現炸的原味……但是草莓的好像也不錯……你呢？」

陸星宇想了想，「基本上，我是不能吃甜甜圈的。」

「喔，我懂，體重管理嘛。那我們走吧。」那你一開始就別停下來看嘛，還以為你很想吃哩。

「但是妳可以吃。」陸星宇笑道，「甜甜圈吃食秀，妳覺得怎麼樣？」

「無聊。」

不買就快走啦，我們袋子裡可是有高級牛排的耶，還是趕快回去比較實在。

「我想買。」這人竟孩子氣起來。

「你又不能吃，買這幹嘛？」

「逼妳演出吃食秀。」

「我有說你買我就吃嗎？」幼稚欸。

「我們倆一直站在這兒不是辦法。」陸星宇清清喉嚨，「皮夾給我，我去買。」

「你很奇怪耶，那我去買就好啦。」

「……我很久沒有排隊買東西了。」

我不禁望著他，看來，失去自由很久了。

「好吧。」

我低頭想從側背包裡掏出皮夾，這時不知從哪裡竄出來的冒失大嬸騎著

Ubike 直直衝向我們所站的地方，我緊握著皮夾呆住了，陸星宇喊了聲小心，拉著我閃開，但是甜甜圈店的側邊是一道只有三四階的段差，我跟陸星宇同時摔了下去。冒失的 Ubike 大嬸沒停下車，只驚惶地回頭看了我們一眼，接著馬上加速逃逸。

「你們沒事吧？」甜甜圈店前負責管理排隊隊伍的店員急忙奔向我們。

「沒、沒事。」我還好，就是臀部痛了點，但並沒有什麼了不起的大傷。

店員先扶起我，接著再轉向陸星宇，「這位先生，你沒事吧？」

「沒事……」陸星宇婉拒了店員的扶持，自己站了起來。

我忽然想到，「欸，你的墨鏡——」這一摔，墨鏡和帽子都掉了。

陸星宇緊皺著眉，立刻低下頭轉身，不想讓店員看到臉。

「怎麼了嗎？」反應不是很靈敏的店員問道，八成覺得我跟陸星宇動作很怪。

「沒什麼，謝謝，不好意思驚動大家了。」不得不這麼說，因為連店前排隊的人潮也都紛紛好奇往這邊看過來。

「沒事就好……」站在我跟陸星宇之間的店員微笑，接著看了陸星宇一眼。

然後，她呆了呆，睜大眼睛。

「欸，」我越過店員的肩膀看向陸星宇，又不能大喊，真煩，「可以走了吧？」

雖然覺得至少還有口罩，應該不至於就這樣被認出來，但女店員仔細端詳陸星宇的樣子，讓我全身緊繃。

陸星宇彎腰撿起跌落地上的超市塑膠袋，刻意垂著頭背對店員。

你光是背對有什麼用，轉身就走才是上策啊！

我差點沒叫出來，只好跑向他，「欸，趕時間，快走。」

「嗯。」

他空出手拉好口罩，但這時最靠近店員的排隊客人裡，有一個女生拿出了手機，對著陸星宇按下快門。陸星宇沒聽到，但店員和我都聽到了，我急急回頭，那女生接著拍了我。

這次，陸星宇也聽到了。

「剛剛是不是有人拍照？」陸星宇猛然轉身，臉色一沉。

「是陸星宇，你是陸星宇吧？！」拿著手機拍照的女孩子完全忽視陸星宇的臉色，以恐怖的高分貝大叫，「沒錯吧！是陸星宇對吧？！」

「走了啦！」得快點逃上車才行，拜託，要是上媒體就麻煩了。

陸星宇狠狠瞪著那個女孩子，結果那個女孩子對著他的臉又拍了幾張。

我忍不住拉住想上前理論的陸星宇，而這時人群們已經紛紛鼓譟起來。

「真的是陸星宇嗎？演電影的那個嗎？」

「不可能吧！」

「可是很像耶，身材也像！」

「是陸星宇！」

「戴著口罩看不清楚……」

「啊，是陸星宇沒錯啦！他可是我偶像呢，怎麼會認錯！」

這時，陸星宇忽然反手握住我，「看來，我們只好運動一下了！」

為什麼，為什麼每次只要跟你扯上關係，我不是受傷就是得跑步？

拜託，腿長的人至少也該稍微體諒一下腿短的吧？

你跑這種速度，是想我死嗎？！

「——妳臉好紅。」

「廢、廢話！」

連續衝刺三百公尺，臉不紅才怪！

我上次跑這麼快，應該已經是高中時代體育課了吧。

陸星宇輕笑，拉開口罩，說道，「感受一下被追星的滋味，也不錯吧。」

「虧你還笑得出來……」我彎腰，用手掌抵住膝蓋，努力調勻呼吸。

「……還好嗎？」

心臟都快跳出來了，你說呢？

「妳真的很缺乏運動。」

「……要、要你管。」

「車就停在前面，撐到上車再慢慢喘吧。」陸星宇伸手托住我的手臂，拉直我，「以後是不是應該規定妳吃飯前先跳繩五百下？」

我抬眼瞪著他，「你跟我有仇對吧？」

陸星宇微笑，「不然一起跑步，妳覺得怎麼樣？」

「我覺得——不、怎、麼、樣！」

□

她很厲害，從我車上翻出梁朝偉的CD。

那張一九九四年的CD只比我們小兩三歲。

她說她很喜歡梁朝偉，我開玩笑說媒體常說我是梁朝偉接班人。

「等你影帝拿得跟他一樣多的時候再說。」她笑著，然後手肘撐在車窗上，「……不過，真的沒想到你會有這張專輯，我也有同樣一張。」

我不太記得為什麼留著這張跟我年紀差不多的CD，但現在我很慶幸，我沒有因為嫉妒梁朝偉而把它丟了。

「梁朝偉跟馬龍．白蘭度，妳比較喜歡誰？」

「這太難選了。不過，至少我跟梁朝偉語言可以溝通，那就選梁朝偉吧。」

「呵。」

翻天覆地當年　風砂輪迴今天　只剩下一句　好久不見
才說著不變不變已變　人已秋天　不能輕言懷念
翻天覆地當年　風砂輪迴今天　只剩下一句　珍重再見
才說著永遠永遠已遠　所有誓言　如秋葉飛滿天　一片片

——梁朝偉．〈滄桑〉　詞曲／梁文福

□

車還沒駛進車庫，就看見陸星宇的助理小崔和小徐站在道賢家大門外徘徊。

等我們把車停好，從車庫走進屋內後，陸星宇把食材拿進廚房，我則是先幫小徐、小崔開了門。

「編劇老師好！」小徐慌張之餘還是向我點了個頭才踢掉鞋子衝進屋內，「星宇哥在嗎？！」

「他在廚房……」房宇都沒說完，小徐便奔向廚房去了。

跟著小徐身後進門的美少年小崔，向我鞠了躬，沉穩多了，「您好。」

「你好。發生什麼事了嗎？」

小崔苦笑，「剛剛是您和星宇哥一起外出對吧？您和星宇哥的照片被人上傳臉書了。」

「也太快了吧……」我呆了呆，雖然不是沒想過，但這未免也太誇張。

小崔點點頭，「不過您不用擔心，我們公司有一套危機處理的SOP，而且，這也是新戲宣傳的一部分嘛。」

「用緋聞宣傳嗎？」我的天哪。

「說破就不值錢了。」小崔微笑，露出不屬於他這年紀的成熟。

「……對了，我一直忘了問，你叫什麼名字？」

「我嗎？崔琩，玳琩的琩。」崔琩說道，「抱歉一直沒向老師自我介紹。」

我連忙說道，「別這麼客氣。」

「禮貌是一定要的。小菲姐說過，若紫老師跟小菲姐是高中同學。」

「嗯，是啊。」難道是因為高中同學的身分才尊敬我嗎？

「而且又是孫導的女朋友。」崔琩補了一句。

我呆了呆，「等等，這誰說的？」

崔琩彷彿覺得我的反應有點大，答道，「是小菲姐，前兩天試裝時她不是有來嗎？那時她把我和小徐叫過去，跟我們說對您要客氣點，說您是她的高中同學，也是孫導的女朋友，還說您——總之，小菲姐特別交代我們多注意。」

我是孫道賢的女朋友？

李瑾菲妳很奇怪，我都已經說了多少次，妳還是要這樣想？

妳這樣想也就算了，竟然還跟其他人宣傳？

妳也知道我們是同學又是朋友，妳說我的事情，大家都一定都會買帳，這難道妳不懂？妳到底是存著什麼心？

第一次——真的是第一次——我覺得我很不了解菲菲。

比怒意更強烈的，是一種全然的陌生感！

我忍著怒意，盡量以淡然口吻問道，「她還說我什麼？」

崔瑁畢竟比冒失小徐機靈得多，他吐吐舌，「抱歉，我忘了。」

「……嗯。」算了，我在這裡為難崔瑁，也不會有什麼作用，更何況，他根本就跟整件事無關。我說道，「陸星宇應該在廚房，你去找他吧。」

「好。」

看著崔瑁的背影，我總覺得心煩意亂。

主要是因為菲菲，但眼前更急迫的是被拍了照。

我猶豫了一下，還是跟在崔瑁身後也走向廚房。至少，身為當事人之一，再怎麼說，我也得了解一下，陸星宇的經紀公司所謂的危機處理，到底會處理成什麼樣子。

然而，我有點後悔自己這麼做。

因為，就在我靠近廚房門邊時，就聽到小徐氣急敗壞地喊著：

「星宇哥你不能這樣！小菲姐會殺了我跟小崔的！她千交代萬交代叫我們

一定要盯著你跟若紫老師，這下你們一起外出被拍到，我跟小崔非被趕出去不可了！」

「……李瑾菲什麼時候叫你們要盯著我跟若紫老師的？」

「就是上次試裝的時候——」小徐忽然噤聲，因為我直接走進了廚房，在他面前停下。

崔瑁露出放棄的神情，退到角落嚼起口香糖。

小徐尷尬萬分，不敢看我。

我盡量以溫和的口氣，開玩笑的語調問道，「小菲姐叫你們盯著我什麼？不要帶壞陸星宇嗎？」

小徐呆了呆，看向崔瑁，崔瑁卻逃得遠遠的，自顧自看著窗外。小徐沒辦法從崔瑁身上得到暗示，只好轉頭回來面對我。

「……啊就是……」他搔著頭，搖晃著看起來有些笨重的腦袋，「……總而言之言而總之，就是……就是要我們看牢星宇哥啦。如果……如果……」

陸星宇沉聲，「如果什麼？」

「啊就……如果覺得若紫老師跟星宇哥走太近，一定要回報給她……上次……上次小菲姐會去試裝的工作室那裡，就是因為聽負責開車的小蔡說，若紫老師常常跟星宇哥一起吃飯，小菲姐才會趕來看看狀況的。」

「那個小蔡，又是聽誰說的？」陸星宇的聲調冰冷。

小徐幾乎是哭喪著臉，「星宇哥，說話的人不就是你自己嗎？」

我瞬間懂了，看向陸星宇，「你是不是在車上打過電話給我？」

「……我也只是問妳晚上煮什麼而已。」陸星宇皺眉，口吻無奈。

「就是這個！」小徐叫道，「開車的小蔡跟小菲姐的助理講了這件事，聽說小菲姐氣炸了，才跑來的。」

我真是無言了。

陸星宇淡淡的，沒什麼表情，問小徐，「剛剛這些，都是真話？」

小徐拚命點著那笨重的腦袋，「真的！這些事發生時，小崔也都在旁邊。」

聞言，我和陸星宇同時看向窗邊的崔瑁。

崔瑁這時大概終於認命了，只得走過來，「星宇哥，這些是你的私事，我們當助理的哪敢管？大家就是盡力做事而已……你也知道小菲姐影響力很大，如果我跟小徐不答應她的要求，那我們非玩完不可。我們也是有苦衷的。」

陸星宇沉著臉，點點頭，「你們先回去吧。我晚點會跟公司聯絡。」

「我想，庭禎姐等等就會過來了吧。」崔瑁說道。

呂庭禎是陸星宇的正式經紀人，不常出現，但是圈內大家都知道她，看似清秀嬌小，實際上相當有手腕。陸星宇這幾年能紅得這麼快，呂庭禎功不可沒。

「反正，替我轉達——我不希望這件事鬧大，如果鬧大，最重要的是保護若紫老師，懂嗎？」

「懂。」崔琩點頭，隨即問道，「那小菲姐那邊……」

「我不會讓你們難做的，剛剛那些就當作你們沒講過我也沒聽過。」陸星宇倒是體貼，「快回公司吧，要忙的事還很多。」

「知道了。那我們先走了。」崔琩拉著小徐，兩人同時鞠著躬告退。

□

等大門關上之後，我彷彿力氣放盡似地跌坐在椅上。

陸星宇在我身邊走動著不知在做什麼，我怔怔地想著，我跟菲菲什麼時候開始走到這樣的地步。

在高中畢業後到這部戲之前，我跟陸星宇從來就沒機會見面，沒有任何的聯絡管道。說真的，如果我真要「搭上」陸星宇，恐怕還很有執行上的困難。

再說了，讓我跟陸星宇、孫道賢同住一個屋簷下，這還是菲菲想方設法搞出來的。

目的是要我盯著陸星宇。

那為什麼，現在卻變成她還需要再找其他人來盯著我？

這中間是有什麼誤會吧？

還有，我又為什麼成了孫道賢的女朋友？

這些話聽在崔瑁和小徐這樣的外人耳裡，我成了什麼？

一個潛規則上位靠導演男友當主筆，而且還不知羞恥想對姊妹淘男友下手的賤人。

哇，真看得起我。

我從來就不覺得自己是什麼清高的人，我有想要的東西，我有想得到的東西，但是，我沒有和道賢在一起就是沒有，即便道賢總是找我合作，我也未曾照本全收，畢竟有的戲我寫得了，有的我功力不夠，一切都是看能力。

至於陸星宇的事——

我真是不知道說什麼才好。對，我承認，跟陸星宇相處這段時間，有許多回憶都重新回來了；我跟陸星宇也確實相處得不錯，所以呢？所以我就是要橫刀奪愛嗎？我就不該跟陸星宇有良好互動，是這樣對吧？那妳又何必把我拉進妳的計劃裡？

驀地，一罐咖啡打斷了我的思緒。

陸星宇把易開罐咖啡放在我面前，「喝一點吧。」

「你可以坐下來嗎？」

陸星宇拉開我對面的椅子，坐了下來，十指交叉著，等我開口。

「問你。」

「嗯？」

「這段時間，你是否曾經覺得我在勾引你？」

陸星宇似早已料到我的問題，他鬆開手，往椅背一靠，「妳很可能是我所見過最不懂任何勾引技巧的女人。」

「你可以直接回答我的問題嗎？在這段時間裡，即使只有一秒也好——我有沒有讓你這樣感覺過？」

「妳沒必要管菲菲——」

「陸星宇你回答我。」

「——沒有。」

我側身趴在窗台上，窗台外的花台特意種著紫色薰衣草，道賢說過，他覺得薰衣草有種讓人放鬆的力量，不過此刻我什麼都感受不到。

「……妳想聽聽看我對這件事的看法嗎？」陸星宇忽然問道。

「其實我很訝異，你在聽到小徐和崔珥那樣說之後，竟然還能平心靜氣的。」我注視著薰衣草，因為下頦擱在手臂上，字句變得有些模糊。

「菲菲很敏感。」陸星宇仔細斟酌著字句，緩緩說道，「也許，她察覺到了什麼。」

我離開窗台，瞪著陸星宇，「什麼意思？你的意思是我做了什麼讓她誤會的事，是這樣嗎？」

陸星宇以一種我只在電影裡看過的滄涼淺笑回應，「她不是察覺妳，而是……」

「而是？」什麼時候了你還賣關子！

「察覺我。」

陸星宇的語調非常輕，那三個字顯得相當不真實。

我差一點就要接著問察覺你什麼，但我沒有。

因為，陸星宇沒給我說話的空檔，自顧自地問著：

「如果我說，『喜歡妳』，妳要怎麼辦？」

你還有心情開玩笑！「這還不簡單，先確認一下今天是不是愚人節啊。」

「……」

「幹嘛，說錯了嗎？」我明明就答得很好！

「如果我說，『喜歡妳』，妳要怎麼辦？」他又問了一次。

「跟菲菲說她男朋友調戲我，讓她好好教訓你。」你這個人真的很無聊，現在正在講菲菲的事，扯這個幹嘛？

「如果我說，『喜歡妳』，妳要怎麼辦？」竟然問第三次了；跟我隨意的語氣相比，他根本就是正經八百。

「你真是……我就潑你一杯冷，不，冰水啊怎麼辦。」我沒好氣地答道，到底幹嘛一直問這些有的沒的。

「拿去。」他把罐裝咖啡塞給我。

「——你給我咖啡幹嘛？」

「現在手邊沒冰水，妳就用咖啡將就點吧。」他冷著臉。

「啊？」現在是怎樣？

「我喜歡妳。」

「啊？！」這次的「啊」比上次至少高了十六度音。

「好了，潑吧。」

□

人生總是充滿意外。

意外有好，也有壞。

以今天來說，好的部分是在於我突然莫名其妙的勇氣十足，壞的部分在於在她反抗時咬破我嘴唇。

不，仔細想想——

其實，這樣也不壞。

□

陸星宇的吻有種非常淡的柑橘味。

不知道為什麼，揮之不去的內疚、亢奮、驚恐、訝異、難過、混亂和自我厭惡凝結成一團帶有柑橘芳香氣息的沉重鉛塊，重重壓在我心上。

我緊握著手機，畫面停在聯絡人列表。

手機螢幕亮了又暗，暗了我又喚醒，就這樣一直重複著。

我似乎聽到樓下保全系統的聲響，應該是道賢回來了。

但這些並不重要，重要的是，我該說些什麼才好，我該跟菲菲說些什麼才好。

任何一個女孩子被告白，多少都會有點開心，何況對方是自己曾經喜歡過的人。可是，我卻一點正面的情緒都沒有，只有驚懼。

我想我的性格很討人厭吧。

我應該要跟菲菲談談。我是這麼想的。

但是，跟菲菲談談之前，也許我應該先跟陸星宇把話說清楚。雖然我也不知道到底要說清楚什麼，只不過，我從來沒這麼渴望今天是四月一日，然後這一切只是愚人節的惡劣玩笑。

我下了床，把手機放進裙子口袋，離開房間來到走廊，深呼吸之後伸手敲了敲陸星宇的房間。

陸星宇過了一會兒才來開門，他彷彿什麼事都沒發生似的，「請進。」

「我不想進去。你可以出來嗎?去露台那邊。」

陸星宇點點頭,「當然可以。」

□

夜晚的風帶著些許的潮濕感,道賢這棟別墅畢竟是在半山上,空氣中常常透著潮濕泥土和植物氣味。

道賢說,附近有一家是退隱的老牌巨星,那位大明星家裡總是種著濃重桂花,一到秋天,開窗就能嗅吸到桂花香味。我站在露台上,看向山腳下的台北市夜景,卻絲毫沒有感受到桂花香氣。不是已經秋天了嗎?白天這裡可以看到後面院子種了許多鳳凰木,但現在只有遠方的城市顯得清晰。

「妳還好嗎?」陸星宇推開落地門,緩緩步出。

「你玩笑開得太過火了。」我轉身面向陸星宇,「我不知道在你的生活圈裡這種玩笑是不是常態,但在我的生活裡,它不是。而且,今天被你開『這種』玩笑的不是別人,是你女朋友的好朋友,這很過分。」

陸星宇雙手抱胸,淡然,「如果妳真當它是玩笑,那麼,對玩笑這麼在意掛心，豈不是太小氣了？反正只是玩笑，妳就放開一點，笑笑過去就算了，不是嗎？妳知道妳現在的樣子反而說明了，妳沒把這一切當玩笑。」

「……你冒犯我了。」

陸星宇竟揚起笑，輕佻極了壞極了，「妳不吃虧呀，看看這裡，妳咬的，都流血了。」

我不禁臉上一紅，「弄傷你我很抱歉，不過這完全是你自找的。你以為現在是演什麼偶像劇嗎，只要一接吻就能開始戀愛或者展開什麼華麗劇情嗎？」

「不然妳覺得為什麼故事總是這樣安排？為什麼接吻後很容易就戀愛？」陸星宇說道，「因為接吻不是件容易的事，不是嗎？對沒錯，我吻過太多人了，光是在上一部電影裡我就吻了至少五個女生，這些年來說不定我已經在銀幕上吻過幾百個女孩子了，說句難聽點的，其中百分之九十五應該都比妳漂亮。那又怎樣？那是工作，不是我的真實人生。」

「等……等一下，關於接吻後是否會戀愛這個等下再說，什麼叫『其中百分之九十五都比我漂亮』，你現在很委屈就是了？」姓陸的你給我說清楚啊！

「妳是不是抓錯重點了？」陸星宇凝視著我，「現在重點是妳長相的排名順序嗎？我不是才說過長相不重要嗎？」

我舉起雙手，深呼吸，「——沒錯，完全離題了——重點不是接吻也不是我的長相，你知道真正重點是什麼嗎？真正重點是你有女朋友，你懂嗎？你女朋友是我的好朋友，為什麼我們會聚在這裡，就是因為菲菲，是菲菲拜託我來看著你的，結果為什麼會變成這樣——這些才是重點啊。」

陸星宇仍望著我，「妳看不看推理電影？」

「……現在不是討論電影的時候吧！」我真是輸了，陸星宇你到底懂不懂我在說什麼啊。

「妳如果也看推理電影，妳就會發現很多線索，關於我，關於菲菲，關於妳。」陸星宇淡然地說道，「我建議妳從頭到尾，把所有事情好好想一遍。」

「什麼意思？」

「這樣吧，我給妳一個提示。」

「什麼提示？」

陸星宇輕嘆一口氣，才緩緩說道，「請妳回憶一下，高中時代。」

「高中？然後呢？」你就不能一次講完嗎？

「妳代替菲菲送信給我，然後，我混淆了，所以我找沈顥庭約妳跟菲菲見面。這段不至於忘記吧。」

什麼話嘛。「當然沒忘記。」

「妳還記得妳替菲菲送信的理由嗎？我是說真正的理由。」

「理由——」好吧，現在說開應該也無所謂了吧，「她覺得我去好一點，她那麼受人矚目，如果被你當眾拒絕……身為好朋友，我替她去，就不會被大家在意了。」

陸星宇凝視著我，「我跟菲菲開始交往一陣子後，有一次菲菲主動說，她本來想自己來，是『妳』說要替她送信的，所以她就聽妳的。妳可以告訴我，誰說的才是真話嗎？」

「……」菲菲是這樣跟陸星宇說的嗎？明明就不是這樣。

「菲菲說妳很有手腕，才能在很短的時間內牢牢抓住孫道賢。妳可以告訴我，她對妳的形容，是真話嗎？」陸星宇進逼一步，「妳好好想想，為什麼菲菲會這樣說妳，她的動機是什麼。」

我搖頭，心亂如麻，「菲菲……應該不會這樣說我……她誤會我跟道賢的關係了，一定是這樣……」

陸星宇伸手，執握住我的手腕，微微用力，「我接下來要說的話，請妳聽好了。」

我的心瘋狂亂跳，再怎麼後知後覺也猜得出絕對不會是什麼令人開心的消息。

陸星宇凝視著我，視線灼熱中帶著一絲哀傷，「我知道菲菲這麼做的理由。」

我怔怔看著陸星宇，「你知道？」

「菲菲，應該很早很早就察覺到了，」陸星宇考慮了一會兒，那停頓直教人心焦，「察覺到，我心裡有妳。」

我因震驚而沉默了。

驚訝和害怕緊緊攫住我。

陸星宇鬆開我的手，「這些，從來就不是玩笑。」

「……但是……」

你是菲菲的男朋友，這麼多年來都是！

我不明白，什麼叫「很早很早就察覺到了」，什麼叫「心裡有妳」，什麼叫「從來就不是玩笑」？連串的疑問從我心中噴湧而出，但現實中我只是傻愣站在原地，一句話也說不出口。或者該說，要問的要說的太多，一時不知從何說起。

陸星宇靜靜地瞅著我，半晌，伸手輕觸了我的臉頰。

他的掌心冰冷，聲音充滿了感情與溫柔，「我知道，我不是個好人。一開始就錯了，但是，我希望妳明白，我曾經很努力很努力去愛她。我也不否認，有段時間我的確愛上她了……可惜的是，那段時間很短，短到我自己都無法記住。」

「……」

我終於動作了，拂開他的手，轉身進屋。

落地門在我背後關上，而道賢不知何時已經站在走廊中央了。

06

S36

外景．日（陰天為宜）

台北車站

月台。

何慕桓與松兒搭上了往東北方向的火車。

S37

外景．日

列車上

何慕桓與松兒並肩而坐，沒有說話，兩人牽著手。

松兒不知不覺睡著，何慕桓用另一手輕輕撫過松兒臉頰。

火車行進聲響很大，何慕桓看向車窗外，輕哼起張國榮的歌。

□

「劇本格式，我想妳還是改用台灣慣用版好了。」道賢把列印出來的劇本交給我，「國際格式還沒普及，要麻煩妳改一改。」

「都寫了好幾集，現在才叫我改？」

道賢聳聳肩，「不好意思。」

「國際格式比較能精準評估時間，這可是你說的。」

「對，但是現在需要使用台灣慣用版本，」道賢看著我，「以前也發生過改格式的事，不是嗎？」

我收下劇本，「OK，我改。」

拿了劇本我轉身要走，但道賢叫住我。

「阿紫。」

「還有其他要改的地方嗎？」

道賢欲言又止，遲疑了一下才說，「我知道我沒立場說什麼。」

這真是萬年好用的開場白，任何人只要用這句話開場，之後接的不論長短，九成九是轟炸。

「然後？」

「妳知道，陸星宇一年能幫他的經紀公司賺多少錢嗎？」

我搖頭。

道賢說道，「陸星宇的公司，不會放任他為所欲為的。他跟李瑾菲雖然不同公司，可是只要他們一天還是情侶，兩家公司就還能靠著他們的話題繼續撈金。妳應該可以理解。」

我知道，意思就是，這兩個人之間除了愛情，還綁著其他人的利益。

「別講得好像陸星宇要跟菲菲分手，沒有這種事。」

「我不是有意偷聽，」道賢舉起手，示意我讓他把話說完，「只不過，陸星宇都已經把話講明了，我想他也下了一定的決心。」

我搖搖頭，「我根本還一團混亂。事情怎麼會變成這樣我不知道，我不過就是今天跟陸星宇一起去超市買東西，回來時被拍到了，然後——然後事情就像脫了韁的馬車一樣失去控制，我真的不曉得到底是從哪裡開始出問題的。」

道賢走近我，輕輕拍了拍我的背，柔聲，「……去好好泡個澡，放鬆一下吧。去吧。」

「為什麼要遷就我呢？遷就得一時，遷就不了一輩子，你和我在一起是不會快樂的。」

——《阿飛正傳》

「其實了解一個人並不代表什麼，人是會變的，今天他喜歡鳳梨，明天他可以喜歡別的。」

——《重慶森林》

「在從前，當一個人心裡有個不可告人的秘密，他會跑到深山裡，找一棵樹，在樹上挖個洞，將秘密告訴那個洞，再用泥土封起來，這個秘密就永遠沒人知道。」

——《2046》

我在網路上逛著電影台詞。漫無目的地。

一天之內，發生的事太多了。我感到一絲疲倦，但更多的是亢奮感。

我一直在想（我猜她也在想），到底是從哪個時間點開始走偏的。是最初最初，我決定接下來不管誰來告白，都一定接受的時候呢？

還是我在跟菲菲見完面、在甜點店前碰見她卻什麼都沒說的時候？

還是我跟菲菲第一次瘋狂大吵，當菲菲哭喊著我從來就沒真心喜歡過她，而我腦海中竟浮現另一個人的時候？

唯一確定的是，當我知道菲菲為了某個電影角色跟某個投資人共度幾晚時，我最深刻的感受並非憤怒或者難過，而是「原來她真的這麼想要那個角色」。

我不是很確定跟菲菲是怎麼走到這一步的，但我想我自己要負很大很大的責任。也許菲菲所做的都只是想喚起我對她的注意，而我只是選擇無視。

原來，我對不夠喜歡的人，可以這麼殘忍。

□

浴缸正放著水。

我走至自己房間的陽台。

遠方的天際金星十分明亮，沒有雲朵浮動的藍黑色天空夾雜著隱約的紫，我覺得有點冷。風吹得更起勁了。

——我也不否認，有段時間我的確愛上她了……可惜的是，那段時間很短，短到我自己都無法記住。

那是他跟她之間的事，與我無關。

我這麼想著。

但是，卻止不住內疚，而內疚之後，又反而覺得自己蠢。

袁若紫，妳太高估自己了，妳還沒強大到有這種影響力，好嗎？

我試著消化陸星宇的話，只是愈深思，愈發覺我對菲菲太陌生……

「假設」陸星宇所言屬實，「假設」他確實在意我一段時間了，而且菲菲也察覺到他的心思，那麼，菲菲是戴著怎樣的面具來面對我的呢？

她是那麼熱切地拜託我，需要我好好看著陸星宇，深怕其他女人趁虛而入；她害怕其他女人橫刀奪愛，但又在「假設知道」陸星宇喜歡我的情況下，讓陸星宇跟我朝夕相對？這到底是什麼邏輯，我不懂啊。

應該是希望我跟陸星宇最好老死不相往來，絕對見不到面才是吧。

為什麼會大費周章讓我跟陸星宇一起住進道賢家呢？

……現在，我不是她，我再怎麼想，也不會懂。

沒錯，我不是她，我不會懂她。

可是，我也不懂我自己了。

對於陸星宇，我最該感到的是強烈的厭惡——他辜負了菲菲、他竟然毫不在意地對女朋友的閨密示好、他對整件事沒有表現出強烈的罪惡感——

然而我沒有。

沒錯，我同意陸星宇是個壞人，我認為他的行徑過分；可是，我無法假裝自己對他深惡痛絕，瞧不起他。

這些年來，陸星宇跟菲菲之間對我來說是新聞，是媒體，是幻象，是耳語；菲菲從來就不像其他女孩子對著好姊妹掏心掏肺地訴說苦惱，我從來就不知道菲菲和陸星宇之間到底存在著怎樣的問題……事實上，她堅強得可怕，她從來沒給我看過脆弱的一面。

我想很可能是因為我們從高中畢業後就沒什麼機會相處，我們的友情定格了，沒有前進，而是成為某種紀念品的形態。也有可能她的世界我不了解，而她並沒有多餘的心力讓我了解；仔細回想起來，我們在此之前已經兩年沒見了，連電話都不超過五通。

好朋友不是一定可以經歷時間考驗的嗎？

不，不是的。

各有各的人生道路，然後話題會變得愈來愈少；接著，能聊的就只剩回憶了；再接著，就會因為重複的聊著固定的回憶，而感到不知所措。

雖然令人難過，不過這就是人生。

很遠很遠的天際，有架飛機滑升。

在暗紫色的天空裡拉出不甚清晰的深灰飛機雲，機身上閃爍著的燈光，就像某顆移動中的星星，滑行過半個天空，最後消失在我看不見的地方。

我又站了一會兒，才想起浴缸的水應該早已滿了，轉身進屋。

□

蜷在視聽室的沙發上，我玩著遙控器。

明明就是華麗又舒適，而且片藏超級豐富的百萬視聽室，我卻什麼電影也沒放，只是看著無聲的購物台。

其實我找了好幾部電影，真的，但是卻提不起勁。

眼前購物台主持人非常賣力地驚呼著，沒有字幕，所以不確定她在尖叫什麼，但可以猜測，大概是贈品加碼價格減半之類的。有時候，台上的人愈賣力，看的人愈覺得淒涼。

「我以為妳在看電影。」陸星宇突然出聲，嚇壞我了。

我從沙發上彈起身，一時間不知該說什麼。

「這裡有鋪地毯，聽不到我的腳步聲，很正常。」他說，「我不是有意嚇妳。」

「……我知道。」我窩回沙發，繼續盯著購物台主持人，她現在正在講解買多少竹筴魚乾會送多少一夜干的方案（我是看字卡猜的），總之大組才划算。

「今天被拍到的事，我經紀人都已經處理好了，我是要跟妳說這個。」

「你怎麼知道我在這裡？」我沒看他，隨口問。

「猜的。」陸星宇的語氣和緩而平靜，「另外，我不介意妳覺得我是個王八蛋。」

「難道你不是嗎？」

「我知道我是壞人，很惡劣。」他停了一下，「我倒是沒猜到妳會看購物台。」

「這也是表演的一種，很多購物台主持人的演技都不錯。」

他輕笑，「呵。」

「問你。」

「問吧。」

「你真的，不是在開玩笑？」我關上電視，起身面對他。

陸星宇深深地，沉重而迅速地回答，「不是。」

我思索了一會兒，決定問清楚，「我仍舊不明白，我跟你並沒有什麼交集，為什麼你會——」

陸星宇順理成章地接口，「喜歡妳。」

我決定逃避這個說法，「我的意思是，會有這種情緒產生。」

「我不知道理由也不知道何時開始。我只知道，當我意識到妳送信來時，我其實感到很開心，想著竟然是妳，太好了。」

我呆了呆，「那麼久以前，那是高中的時候……」

而且是，我正暗戀他的時候。

「話講開也好——事實上，那天在妳送信來之前，我才跟沈顥庭說，我決定要跟接下來第一個來告白的女孩子交往，因為我覺得面對某個女孩子，總比面對一堆女孩子來得輕鬆。那時的我很賭氣，只覺得心煩。」

「然後呢？」

「然後我才剛說完，妳就出現了。」陸星宇揚起非常溫暖，我第一次看見的笑，「我真的覺得太好了，好險是妳。」

「……但是，你那時知道我是誰嗎？你根本不認識我吧。」

「妳可能不記得了，我們一起在學校附近十字路口幫過一個做資源回收的阿婆。雖然我不知道妳的名字，可是我一直記得妳，特別是妳的馬尾。」

關於馬尾陸星宇沒說錯，我學生時代確實很沒變化地老是綁著馬尾。

至於幫助過某個阿婆……似乎是有這麼一回事沒錯，一位推車卡在馬路當中的阿婆……

陸星宇凝視著我，「總之，後來沈顥庭約了妳和菲菲，要釐清到底是誰跟我告白。」

「嗯。」

「但是妳沒來。」陸星宇移開目光，沉默了幾秒，「我想，那證明了想跟我告白的人並不是妳，而是李瑾菲。」

我發不出任何聲音。

已經，來不及了。

我從來就不知道你曾注視過我，當年的我什麼也沒多想，只是單純想替菲菲把心意傳遞到你手中。因為我打從心裡認定，像我這樣的人，跟你這樣的天上星星，是永遠不會有交會時刻的。

直至今天，此時此刻，我都還這麼認為。

「我說過，我曾經愛過菲菲。」陸星宇平靜地說道，「時間不長，可是那時我幾乎真的完全忘記妳了。我跟菲菲一起進演藝圈，我們有過一段互相扶持的時間，那時我很慶幸有她陪著我，是真心這麼想。」

我不知該如何反應，只是靜靜等著他說下去。

「菲菲她很積極，我指的是工作。她天生就是要當明星的料，她自己也知道。而我，是因為生母簽下的合約，是抱著不得不的心情在工作。也許就是因為野心不同，所以才會愈來愈疏遠吧。」說到這裡，陸星宇苦笑，「很無聊的故事，對吧？就跟一般情侶沒兩樣。」

我搖搖頭，不置可否。此時此刻，我想的不是陸星宇和菲菲之間的問題，我只能說人確實是自私的，我想的，只是自己在他們之間，扮演著什麼樣的角色。

可是，這些已經都不重要了。

過去發生的事不可能消失，無論如何陸星宇都還是菲菲的男友。
我姊妹的男友。
我告訴自己，只要好好把握這點，就夠了。
「你知道你不能喜歡我吧？」我開口。
「知道。」
「你也知道我不能喜歡你吧？」
「知道。」
「那你——」
他打斷我，臉色一沉，「知道又怎樣，這世上有很多事即使知道，一樣會自然而然發生。」
我沒吭聲，不知也不能說什麼。
陸星宇前進一步，我只好往後退一點。
「我在意的不是『能不能』，這點妳應該明白。」
我決定裝傻，並且轉頭逃避他的視線。「我不明白。」
「妳明白的。」一直都還算溫和的陸星宇忽然變了個人似的，咄咄進逼，伸手抬起我的臉，讓我轉向他，「我只問，妳是不是跟我，有同樣的心情。」

我不能也不敢看陸星宇的雙眼，急忙拂開他的手，側身從他身邊逃竄離去。

我沒有。

我才提醒過自己的，絕對沒有。

「袁若紫，」陸星宇的聲音在我背後響起，「妳的逃避，已經回答了我的問題——」

隨便你說隨便你解讀。

總之我只知道自己得逃走，逃得愈遠愈好。

□

「你覺得我們的問題是什麼？」菲菲曾經這樣問過我。

「我們？我們除了接吻跟上床之外，到底還存在著什麼？」

「這樣還不夠？」她不可置信地望著我。

「不夠。」我搖搖頭。

「那你告訴我，你還想要什麼？」

「我想要，在妳出現時能夠不再感到寂寞。」

「難道現在不是這樣嗎？我就在你眼前啊。」

「妳在我身邊，我卻比平常更加寂寞。」

□

開什麼玩笑。

陸星宇真的瘋了。

我怎麼能喜歡他呢？

不，我當然不喜歡他。

絕對不喜歡。

「我知道要想不被人拒絕，最好的方法是先拒絕別人。」

——《東邪西毒》

□

站在Set好的松兒家角落，幾個演員主動和我打招呼。

陸星宇有自己的休息室，當然不會隨意出現。

道賢和佈景組討論著怎麼調整女主角松兒和女二號黎可薇的房間佈置，雖然平面圖和3D設計圖都已讓作者確認過，不過有些細項還是沒搞定。

「阿紫！」道賢向我招招手，「可以過來一下嗎？」

「好。」我快步走向道賢和佈景組的威哥，「什麼事？」

道賢拿著平面圖，對照Set好的松兒房間和可薇房間，「妳覺得怎麼樣？」

我走進可薇房間裡，轉了一圈，「我覺得可薇的房間應該更有女孩子味一點，松兒的簡樸一點。」

佈景組的威哥聞言馬上皺眉，「欸……袁老師，妳可不可以講具體一點，看是要多放什麼還是少放什麼，妳講太抽象，我不好做。」

「不好意思，我想一下。」我指著可薇的房間，「請再拿兩個粉色系有蕾絲的抱枕過來這間；另一間……對，松兒的房間要有削鉛筆機，深藍色的。」

威哥馬上比了個OK的手勢，正當他要開口時，不遠處忽然傳出了一陣騷動。

「各位好——」是菲菲，而且還帶著大隊人馬，她的助理們手上全都提著各式各樣的食物，香味四溢，「希望沒有打擾到大家，我來探班了。」

道賢發出一聲非常輕的嘆息，看了我一眼。

我還沒來得及決定往哪裡逃（？）比較好，菲菲就已朝我和道賢走來。

「孫導你好。」菲菲眼睛明亮而美麗，容光煥發。

道賢微笑，「我以為妳很忙呢。」

「是很忙沒錯，晚上我就飛美國了。」菲菲說道，聲音柔和但堅定，「阿紫可以借我一下嗎？」

「天后要求，自當照辦。」道賢意味深長地望了我一眼，「別去太久，等等還要再回來確認佈置。」

我點點頭，菲菲伸手挽住我，跟以前一樣。

這次拍攝的地點是一棟舊公寓的一、二樓，按原著裡找的，還有個獨立的院子。菲菲跟我站在院子角落，一處金盞花盆栽前，她帶著笑，靜靜看著她的助理們分派食物咖啡給大家。

我不知道菲菲找我有什麼事，她看起來很平靜，心情不錯。

當然，也可能只是演技發揮了效果，我不知道。

「……妳說妳晚上飛美國。」

「嗯、是啊。那個好萊塢電影裡的小角色。」她語調歡快，「這一去，要好幾個月呢。不過中間也是會回來的。」

「人在外地，要多保重。」

「阿紫。」她突然喚了我一聲，「昨天妳跟星宇是一起去哪裡才被拍到？」

網路世界嘛，什麼消息都藏不住。

「超市。」

「為什麼去超市？」她問。

「想買晚餐的菜，順便想想劇本的事。有幾場戲都得到超市拍。」

「星宇從來沒跟我一起逛過超市。不管是成名前，還是成名後。」菲菲說道，很難分辨她的情緒，「我不知道為什麼，就是沒有。」

「以後多的是機會，等妳回來就可以去了。」

「阿紫。」菲菲又喚我。

「嗯？」

「妳覺得，我們是不是朋友？」

我不明白這話的意思，「為什麼這麼問？」

「呵，」菲菲輕笑一聲，「算了，我也不知道自己想說什麼。」

我看著菲菲，考慮了一會兒，說道，「那妳覺得，我們是朋友嗎？」

菲菲轉頭迎向我的目光，「算是吧，道義上妳做得很好，至於其他部分，就那樣吧。」

「道義上我做得很好？」這回答完全超乎我預期，「什麼意思？」

「妳也算得上夠正派吧，這些年離我跟星宇遠遠的，不會想方設法靠過來——這是對妳肯定的評價。」

原來是用這種事來作為友誼的評價嗎？

我又問，「那，什麼叫作『至於其他部分，就那樣吧』？這句我更不懂。」

「阿紫，阿紫，阿紫……」菲菲的語氣相當陌生，而且在瞬間變得十分冰冷，「我沒辦法對妳有其他評價。妳明白嗎？這世界上不可能有人能給情敵什麼公正評價，所謂的公正就跟真愛一樣，是用來騙人的。」

這世界上不可能有人能給情敵什麼公正評價——

這世界上不可能有人能給情敵什麼公正評價——

這世界上不可能有人能給情敵什麼公正評價——

我瞪著菲菲，很可能是這麼多年來第一次，「妳在說什麼？」

菲菲伸手輕觸了一下我垂在肩上的長髮，我不悅地閃了閃。

她縮回手，微笑，「妳知道為什麼我跟星宇即使已經貌合神離，但還是沒有分手嗎？」

「我不知道，也不想知道。那跟我無關。」

菲菲柔柔地望著我，輕聲細語，「妳怎麼這麼說呢？怎麼會跟妳無關呢？我就是為了不讓星宇能夠到妳身邊，所以這八、九年來才這樣緊緊抓住他不放的——妳說，這怎麼會跟妳無關呢？」

「菲菲，我不懂——」我只知道自己感受到一股深沉的寒意。

菲菲像是在聊著什麼可愛的女孩話題那樣，「阿紫，噓，別激動，噓，聽我說。」菲菲微笑著，但我看不清那笑容裡到底有什麼，「就算妳以前不知道，現在也該都知道了，我不相信這段時間星宇什麼都沒表現出來。」

我怔怔地凝視菲菲，連**妳這話什麼意思**都已經說不出口了。

「妳知道我是什麼時候發現的嗎？線索其實比想像中多很多，星宇不是個演技派，妳看他入圍那麼多次才得獎就知道了……」菲菲續道，「他總是心不在焉。他總是故意裝作漫不經心地問我最近有沒有跟妳見面。他總是在敷衍我。阿紫我不是沒有感覺的傻丫頭，我感覺得出來，這個跟我在一起的男人，心裡有一塊我無法觸及的地方。相信我，任何戀愛中的女人都會察覺，只是她們選擇爆發或者忽視而已。」

我吸了口氣，「妳為什麼覺得那個人是我？」

「我說過，線索太多了。不過我現在一點也不想重提——我為什麼要挖開自己的傷口來滿足妳的好奇心跟虛榮呢？我不要。」菲菲輕笑，帶著酸楚，「但如果妳真的很想知道最後的關鍵，那我可以告訴妳——這世界上沒有一個人會專程上網 Google 一個不在意的人，不是嗎？」

我承認我好奇，但「虛榮」？李瑾菲妳到底在想什麼？

而陸星宇，他會上網查我的消息？

我辯駁道，「有時就是想到了，或者看到相關的什麼事，才會順手查一下。像我，查電影資料時一定會順手查查演員跟導演……」

「妳真的很想看我心痛、讓我親自證明妳對星宇很重要，對吧？」菲菲說道，「電腦裡，總是三不五時會出現查詢妳的頁面，那次數頻繁得恐怖。星宇他，不是個細心到記得清除紀錄的人，懂嗎？」

「妳會去查他的電腦紀錄？」

「不行嗎？」菲菲注視著我，「我做錯了？」

為什麼我覺得妳好陌生？

「妳查不查他的電腦紀錄我管不著，但是——」

「妳當然管不著啦，對不對？」菲菲還是給出很軟的語調，她笑著向路過我們身邊的場務妹妹點頭，接著說道，「跟陸星宇的惡劣相比，我覺得我算是很善良的了。」

「啊？」

菲菲注視著我，「阿紫啊，妳想想嘛，如果妳一心喜歡的人一邊跟妳交往，一邊牽掛其他人，這樣難道妳不會氣、不會恨嗎？」

我無話可說。

確實是這樣吧，不管是誰，總是會氣，會恨的。

菲菲的反應再合理不過。

可是……

「既然妳知道，妳跟他談過嗎？」

菲菲嫣然一笑，「我又不是笨蛋，說了，不就等於提分手嗎？我才剛說過，妳忘了嗎？我怎麼能讓他就這樣到妳身邊去呢？阿紫，我最後能說的真心話就是，如果今天妳費盡心機才搶到陸星宇，其實我不會這麼恨、這麼放不下。可妳不是，妳什麼也沒做，妳甚至連在他面前刷存在感都不必，他就已經在意妳了……這才是我不甘願的地方，妳明白嗎？」

我只覺得雙腿有些發軟，不禁往後退了一步。

菲菲伸手扶住我，她的手像冰一樣，那張美麗的面容上無喜無怒。

「——妳，妳究竟為什麼要讓我和陸星宇一起住進道賢家？」我知道自己的聲音在發抖，可是無法克制。

菲菲同情似地望著我，好一會兒才說道，「大概是因為，一時突發奇想的壞心眼吧。很多事是沒有理由的，就是想到了，就做了，我不是心理醫生，我沒辦法分析自己的行為。可是，我倒是能夠告訴妳一件事。」

「什麼事？」

「現在，分不分手已經不是我跟陸星宇兩個人之間的事，早就無關乎愛情了——我再傻也不至於蠢到浪費我生命中最美好的日子，繼續等他下個十年。現在，真正存在我跟他之間的，是利益，而且是許多人的。」菲菲若有似無地揚起笑，「到最後，事情會變成怎樣我不知道，老實說我還挺拭目以待的。」

我沒說話，光是好好站著就得花費很大力氣了。

「其實我不在意妳喜不喜歡陸星宇，真的，」菲菲貼向我耳際，柔聲細語，「如果妳願意當小三，我可以保證，一定不會去抓姦的。」

□

重頭努力也坎坷　統統不要好過
來年歲月那麼多　為繼續而繼續
直接不過承認錯　若勉強也分到不多
不如什麼也摔破

——盧巧音．〈好心分手〉　詞／黃偉文　曲／雷頌德

□

「袁老師，袁老師！」

佈景組的威哥不知道叫了我多少次，我才回過神來。

「威哥。」

威哥探詢地，「妳沒事吧？臉色很難看。」

我打起精神，「沒事，熬夜寫劇本，睡眠不足。」

「欸這行誰不熬夜，大家不都半夜才在Line來Line去嗎！」威哥笑笑，「妳過來看看這樣行不行，我們是有找到一台很舊的削鉛筆機……」

後來威哥在講什麼其實我不是很注意，走到女主角松兒的房間看了看，再看看女二號可薇的房間，道賢跟我說了一下鏡頭架的位置。我進了松兒的房間，坐在床邊，拿出隨身手機，模擬昨天寫的一場戲。

那場戲是松兒坐在床上傳訊息給男主角何慕桓。

松兒哭個不停，以至於只能用Line聯絡，不敢讓男主角聽到自己的哭聲。

我大致上抓了一下感覺，跟道賢說OK，沒什麼大問題。

我走下樓梯時，陸星宇剛好從他專屬的休息室出來。

在狹小的走道上我們相遇，這時一邊有搬著大木梯的工作人員喊著小心借過擠了過來，另一頭則是扛著燈具的年輕師傅，陸星宇一把拉住我，讓我跟他貼牆站著，好讓出空位。

「菲菲跟妳說了什麼？」陸星宇以非常輕而低的話聲問道。

「……你說得沒錯，她早就知道了。」

我暗自叫自己鎮定，不這樣不行，我到現在還是不明白陸星宇怎麼會……

「她走之前來休息室看我，」陸星宇續道，「她說她不會分手，但可以默許我們在一起。」

我立刻瞪著他。

「妳別激動，話還沒說完呢。」陸星宇淡然道，「我告訴她，妳根本就不喜歡我，她要緊緊掌握死不放手的男人，妳連看都不想看一眼。」

話不是這麼說的吧？！

我咬著唇，同意不是，不同意也不是。

「不好意思，我們還要搬很多重物，兩位要說話要不要進休息室裡聊？這些佈景又重又髒，萬一弄傷兩位就不好了。」威哥小跑步過來，鞠著躬說道。

「是我們妨礙大家，抱歉。」陸星宇若無其事，看向我，「妳剛剛說何慕桓在那場戲的表情怎麼樣，進來繼續聊吧。」在戲裡不見得，但我終於明白在現實生活中，人人都是演技派。

我以小得幾乎看不清的幅度點頭，跟在他身後走進休息室。

巨星的休息室就是不一樣，跟外頭混亂的「工地」相比，這裡根本就是迷你版豪宅，連會客沙發都是名牌上等貨。

陸星宇隨意比了比沙發，「隨便坐。」

我順了順長裙，坐了下來，他斜靠著附有超大鏡面的化妝檯，注視著我。

「我現在比較關心的是，菲菲是不是說了什麼傷妳的話。」

我很難回應，過了許久，才答了一句明明是闡述事實但聽起來更像賭氣的話：「她才是你女朋友。」

「妳知道，女朋友跟喜歡的人不是同一個，其實很悲哀。」他從梳妝檯小抽屜摸出菸和打火機，點起，抽上。

「我不知道你戲外也會抽菸。」我漫不經心地說道。

「在今天之前是不抽的。這是剛剛才跟孫道賢要來的。」陸星宇吐出淡淡白霧，側臉就像是他曾拍過的某些雜誌或電影海報，美得讓人無法直視。於是我垂下頭。

「妳不了解我，對吧。」陸星宇說道。

我點點頭。

我沒事幹嘛去了解別人的男朋友？

「可是我知道妳很多事。妳不喜歡自己的名字，但喜歡紫色；妳不喜歡大部分的主流歌手，喜歡探戈歌劇；妳很愛看電影，不管什麼年代類型妳都喜歡，唯獨少看愛情片；妳曾經到高中社團演講過，教過學生寫舞台劇劇本；妳跟孫道賢大學時代就認識了；妳交過三個男朋友，不過時間都不超過半年；妳很喜歡貓，妳養過一隻異國短毛貓，牠死了之後妳就不敢再養；妳喜歡一大片薰衣草花田的圖片；妳不喜歡《天龍八部》裡的阿紫，可是很同情她……」

我想起菲菲的話，她說，他會上網搜尋我的消息。

我不是常上新聞的人，最多只有學校校刊實在找不到人可以訪問時會來採訪，這些大都是校刊裡的訪問內容。

一個會連這些消息收藏消化的人，是真的喜歡我，對吧？

「……你知道了這些，然後呢？」我想我的問句很無力。

陸星宇搖搖頭，「沒有然後。」

「現在……要怎麼辦？」

「妳知道，這世上最殘忍的事之一就是，在一起要兩個人同意，分手卻只要一個人就可以完成。」陸星宇深沉地望著我，目光熾熱焦灼。

我忍不住攥緊手，「你要跟菲菲分手？我不會跟你在一起的。」

「我知道。」陸星宇落寞而滄涼的笑了，依舊美得像幅畫，「妳從頭到尾沒心思考慮過我，我知道。高中時是這樣，現在也是，我都知道。」

不，你不知道。現在我太混亂，沒辦法思考，但至少高中時不是這樣的，我曾經是喜歡你的。當然，那是少女時代的單純暗戀，跟現在不會一樣，可是我真的喜歡過你，這是假不了的。

我很想就這樣脫口而出，可是現實中我只是呆呆坐著，回望著陸星宇。

「我跟菲菲的事，遲早要做個了結。我不希望我喜歡的人擔上小三罵名，所以，在我能妥善處理完這些事之前，妳可以放心，我不會追著妳跑。」陸星宇頓了頓，「當然，如果在這段時間，妳遇到了喜歡的人，更不必顧忌我……」

我從沙發上起身，瞪著陸星宇，「你知道嗎，你跟菲菲都一樣，都不管別人的意願，自己就一廂情願要做這個做那個，我也算是半個當事人，為什麼——」

陸星宇猝不及防地用柔軟且一樣帶著柑橘香味的薄唇阻斷了我發出聲音。這次的吻更深，更充滿情感，他的氣息緊緊包圍住我，我腦海一片空白，唯一意識到的只是那清淡酸澀的柑橘香味，伴著一種燒灼的感覺湧進我的內心深處，迷亂的情緒迅速地網住了我的全身。

陸星宇的掌心緊緊捧著我的臉，指尖在我的髮際和耳廓輕點著。

然後，休息室的門無預警地被打開了——

後來，陸星宇的經紀公司不知道怎麼跟冒失鬼小徐簽定保密條款的。

那個畫面好險只有亂闖的小徐看到——雖然我很懷疑跟在小徐身後的崔瑁應該也有，但他發毒誓說什麼都沒有，根本不知道發生什麼事。

總之，即使道賢力保也沒有用，我瞬間被踢出劇組，而陸星宇則被經紀公司派來的幾個保鏢送去市中心的豪華飯店「休息幾天」。

然後，陸星宇的 Line 帳號好像停用了，或者封鎖我了，我不知道；因為，我未曾鼓起勇氣傳訊息或打電話給他。

印象最深刻的是，那天晚上在道賢家，我必須要把幾乎快全部完成的劇本跟道賢做交接——他打算自己寫完，反正剩不多了。

下樓時，看到道賢一個人坐在餐桌前，面前攤著一疊劇本一支紅筆，兩指夾著菸。

他聽見我的腳步聲，抬頭，如夢初醒似地揚起笑。

「還沒睡。」

「你覺得我睡得著？」

「妳以前動作沒這麼慢。」道賢熄了菸，伸手在半空中揮了揮，彷彿這樣菸味就會散去。「問妳。」

「嗯？」我正要打開冰箱拿水。

「水蜜桃口味跟櫻桃口味，妳比較喜歡哪一種？」

「一般來說，應該是水蜜桃吧。」

「OK。」道賢拿起手機，滑了滑。

「問這幹嘛。」

「我知道妳不喜歡菸味，我打算改抽電子菸。剛剛正猶豫，不知道買哪種電子菸的 juice 好。」

「還真貼心。」

道賢沉靜地笑笑，搖頭，「我只能為妳放棄香菸，但有人可以為妳放棄其他。」

我不太愉快地關上冰箱，「你不要進行一些無謂的猜測。」

「妳知道我雙眼視力都是2.0，比妳好得多，看什麼都比妳清楚。」他意有所指。

我放下冰水壺。

「既然如此你也知道不可能，他根本就瘋了。」

道賢敲著菸盒，那是他的習慣，不疾不徐地說道，「——妳很少聽到我唱歌對不對？」

「你又要幹嘛？」

他抽出一根菸，沒點上，清了清喉嚨。「我想點首歌給妳跟他，為了表示我的誠意，我願意親自演唱。」

讓我狠狠想你　讓我笑你無情　連一場慾望都捨不得迴避

讓我狠狠想你　讓這一刻暫停　都怪這花樣年華　太美麗

我淡淡地看著道賢，「我有三件事要說；一、你唱歌很難聽，我現在知道為什麼你只能當導演了；二、這首歌是男女對唱；三、你就幫個忙讓他清醒，別再添亂。」

「這件事一點也不亂。」道賢以比我更平緩的口吻說道，「亂的始終是妳的心。別以為我看不出來，妳比妳想像中還喜歡他；否則妳不必築起那麼高的牆，把他推得那麼遠，妳只要像無視我一樣無視他就可以了，不是嗎？」

我沒有接話，把冰水壺留在流理台上，轉身上樓。

但，就在我回到房間，伸手搭上門把前，我又轉身下樓，來到道賢面前。

他再度抬頭，「怎麼了？」

「我沒有無視你。」我氣呼呼地說，「絕對沒有。」

「……妳只是為了要說這個？」

「對。」

「傻丫頭。」道賢放下手上的紅筆，給了個沉穩而理解的淺笑，「阿紫。」

「嗯？」

「我很喜歡妳，當然也喜歡跟妳說話，喜歡妳跟我分享生活上大大小小的事，給妳意見，或者是聽妳給我意見，陪在妳身邊讓我很快樂，一直以來都是這樣。」道賢平靜地說，「但是，陸星宇的事是例外。我試著站在朋友立場思考妳的問題，可是我發現自己做不到。」

「我並沒有想要你這麼做——」我根本就無法跟任何人談起陸星宇。

道賢揚手打斷我，「我知道妳沒有。是我自己。這陣子我看著陸星宇跟妳的互動，我很難過，也無法視而不見。我一直以為我很豁達，現在我知道不是——我沒有辦法跟喜歡的女孩子當好朋友，特別是當她有另外喜歡的人的時候。」

我垂下眼，不知說什麼才好。

「我不否認我懷抱著希望，期待著妳有天終於喜歡上我；甚至可以說，正因為我抱持著這種希望，所以才能在被妳拒絕那麼多次之後，還嬉皮笑臉的在妳身邊打轉。但是，現在情況不一樣了……妳從來沒像望著陸星宇那樣望著我……我不能假裝妳不喜歡他——這宣告了我的絕望。」

「道賢——」

「都已經說到這裡了，就讓我把話講完。」他注視著我，「我剛剛說了，我無法假裝妳不喜歡陸星宇，而妳最好也別想假裝。喜不喜歡一個人，是看得出來的。」

我低著頭，無語。

「……扯得有點遠了。總之，這是我最後一次站在朋友的立場給妳忠告。以後，關於陸星宇的事我會當作沒看到，妳自己要想清楚，什麼對自己最重要。還有，妳要記得，不管是陸星宇的事還是我，妳都沒有做錯什麼。」

「你一直都很為我著想，我知道。對不起。」

「才說妳沒做錯事，妳就道歉，把我的話當空氣嗎？」道賢苦笑，拿起面前的劇本，「妳很好，妳其實根本沒找我聊過陸星宇的事，不是嗎？是我自己感觸很深——我只是領悟到，自己永遠也不可能像戲裡的曾靖南，那麼有風度，那麼不自私。」

我很想說點什麼，可是，說什麼都不對。

我覺得很抱歉。

對道賢也好，菲菲也好，陸星宇也好，都很抱歉。

如果我喜歡的人是道賢就好了。

如果我很討厭陸星宇就好了。

如果我從來就不認識菲菲或陸星宇就好了。

如果我能更果斷一點，就好了。

道賢推開椅子，起身，伸手捏了下我的臉，「……好像讓妳心情不好了。我也不知道為什麼自己突然就大爆發。」

我擠出笑，無聲地，然後淚水就這麼落下。

難以控制，滴落在道賢手上。

「……哭出來也好。」道賢柔聲說道，替我拭去淚水。

我退了一步，「沒事。我要上樓睡覺了。你也早點休息。晚安。」

「……晚安。」

後來我三步併兩步衝上三樓的視聽室，抓了個抱枕窩在角落。

明明就沒有人在看電影，但大銀幕卻亮著。

我伸手摸到遙控器，想知道是哪部電影。

還是電影好，只要看電影就能忘掉一切了。

最好是一部能讓人大哭的片子，這樣就可以哭個痛快。

雖然，我也不知道自己到底為什麼想哭。

The Age of Innocence 純真年代

《純真年代》？！

蜜雪兒・菲佛和丹尼爾・戴・路易斯主演的《純真年代》在講述一個擁有完美未婚妻的年輕律師紐蘭，因故替未婚妻討人厭的表姊艾倫處理離婚事宜，結果紐蘭反而愛上艾倫。而艾倫不想傷害表妹，不知如何是好，當艾倫和紐蘭終於確認彼此心意時，表妹卻傳來電報，說家族讓她提前舉辦婚禮。最後，艾倫和紐蘭並沒有在一起，紐蘭自始至終都是個守信的人，艾倫也不願繼續停留，去追尋她的自由了，於是這段感情就在紐蘭和艾倫家族成員的聯手安排下，不激起一點漣漪地胎死腹中了。

□

躺在總統套房的床上，我想著她。

如果是她，這個時候會怎麼做呢？

會看電影吧。

我起身來到巨型螢幕前，打開電視。

是一部已經演到一半的電影，看起來不知道是十八還十九世紀的紐約上流社會，女主角是蜜雪兒．菲佛。

我倒了杯酒，坐在地板上，抓了個抱枕開始看。

You gave me my first glimpse of a real life,

妳讓我終於見識到生活的真實面，

and then you told me to carry on with a false one.

然後妳現在要我繼續原來的虛假生活，

No one can endure that.

沒人可以忍受這樣。

在電影裡，男主角如是說。

我好像愈來愈能明白，為什麼她這麼喜歡看電影了。

電影，時常給出各式各樣的人生提示，不是嗎？

被踢出劇組之後的我，當了好一陣子的流浪編劇。

道賢雖然總是找我合作，可是我寧可回去當助理，也不想再跟道賢一起工作。當然，道賢什麼也沒做錯，只是，我需要一個人靜一靜。

這靜一靜到底會需要多少時間，其實我不知道，我想可能是一兩個月，也可能是半年，但我沒料到，最後這一「靜」，就這樣過了整整一年。

這一年裡，菲菲結婚了。

奉子成婚嫁給某個美國華裔石油大亨，手上閃著三十克拉的大鑽戒，舉辦世紀奢華婚禮。她沒有給我帖子，但廣邀了許多人，聽說還寄給了陸星宇。這些當然我都是從媒體上看到的，包括陸星宇在某個公開場合給予菲菲祝福。

媒體下的標題倒是很有禮貌：「和平分手最佳示範！」之類的。

只是在婚禮上，新郎的發言又引起狗仔和嗜血媒體的追逐——新郎說，他跟菲菲已經交往很久很久了。

而這段期間，陸星宇徹徹底底地從我身邊消失。

更正確來說，他回到了過去的存在模式——只在新聞、電視、電影上出現——有時，午夜夢迴，我彷彿聞到了淡淡的柑橘氣息。

我想，那大概是夢的味道。

我其實不知道自己最終企盼的是什麼，也許曾經那麼的接近，讓我存在著非常微薄而且也羞於承認的幻想。然而那也只是幻想，不是愛。

我這麼想著。

也只有這麼想，我才能走在自己的路上，一個人好好的、慢慢的走。

□

手機這種東西總是在不該響時響起。

今天凌晨交出最後幾場《倚天屠龍記》之後，天快亮時我才終於換上睡衣，坐在床邊。那時窗外開始響起不大不小的雨聲，我想著這樣也好，反正交了劇本之後我唯一的打算就是好好睡個三天三夜；只要不是颱風，雨下得再怎麼大，對不打算出門的我根本不會有影響。

然後現在，我看了眼鬧鐘，不過才早上八點，才睡不到三、四個小時就被手機鈴聲吵醒。

是好一陣子沒聯絡的道賢。

——喂？

——妳在幹嘛？陸星宇出事了。

我呆了呆，反應不過來。

——啊？

——開電視，不然上網也行，電視新聞都是他的意外報導。

——什麼意外？！

說話的同時我已經抄起電視遙控器，使勁地按開。

「……景和醫院前的 SNG 連線……您可以清楚看到目前國內外各大媒體都守候在私立景和醫院前，等著陸星宇的經紀公司公佈陸星宇的最新消息。至於意外現場目前警方已經全面封鎖，本次車禍事件除了陸星宇外尚有三位特技演員受到重傷，三人也正在手術中。導演汪嘉偉表示，此次意外原因尚需等警調單位蒐證調查後才能釐清，特技指導徐東祥表示這場飛車追逐戲已事先排演數次……各位觀眾可以透過 SNG 連線看到，現場有大批陸星宇的影迷及後援會成員正在醫院外守候，現場一度陷入混亂，影響急診室其他傷患進出，目前警方已控制住場面……據目擊者表示，陸星宇入院時情況並不樂觀……」

陸星宇，出了意外——

怎麼會……

怎麼可以……

——阿紫？阿紫！

我知道道賢正在叫我，但我沒辦法反應，只是盯著新聞畫面。

努力想拼湊出到底發生了什麼事。

平常只要看了畫面就能夠清楚了解，但現在卻什麼都無法確實迅速地反應跟理解，一片空白，完全的空白。

——喂？妳沒昏倒吧？阿紫？！

——……我，我要掛電話了。

我其實不確定自己到底有沒有把這句話說出口。

手機從掌心滑脫跌到床上，我呆望著電視新聞。

不知道為什麼，彷彿是一種預先詛咒似的，畫面已經切換成陸星宇主演的電影片段，開始出現某種緬懷感。該死的電視台你們在剪什麼回顧啊？！陸星宇不會有事的，不可能有事，一定只是虛驚一場，一定的。

不會的。

陸星宇不會有事的。

不可能。

不可能。

不可能。

不可以。

不可以。

你不可以。

你不可以有事。

你還沒有聽過我說謝謝。

你還沒有聽過我說我一直很想你。

你還沒有聽過我說我愛你。

我還欠你這一句，所以不可以，絕對不可以！

等我意識到自己在做什麼時，才發現自己穿著睡衣赤腳站在雨中，公寓一樓鐵門外。

是冰冷的雨讓我瞬間驚醒。

我喘得很厲害，就像多年前送告白信去給陸星宇那天。

雨讓我的視線模糊不清，四周看起來是一片灰藍。一對撐著傘的母女對我投以異樣眼光。

唯一值得慶幸的是手上有鑰匙，沒把自己關在家門外。

我在原地站了好一會兒，睡衣濕透了，雨水讓四周的暑熱化為蒸氣，從滾燙的柏油路面往上衝。在很多電影裡，這樣的畫面會被拍成唯美好看的，但是此時此刻我只覺得痛。

我茫然地站著，不知道自己應該如何是好。

我甚至，沒有出現在醫院的資格——

我沒有。

□

「新片拍攝驚爆重大意外，男神陸星宇驚傳毀容？！」

「飛車追逐釀慘劇，天王巨星身受重傷！」

「陸星宇緊急手術中，前女友李瑾菲表示：盼他平安，不排除赴醫院探望。」

「陸星宇恐容貌受損並失明，知情人士透露『碎片全炸在他臉了！』」

「景和醫院前大批媒體與群眾導致交通混亂，嚴重影響其他患者就醫權利，陸星宇經紀公司呼籲，請粉絲勿於醫院前守候。」

「陸星宇情況不樂觀，景和醫院三大外科名醫共同執刀：不保證能救回來。」

「經過連續二十小時手術，陸星宇轉進加護病房，景和醫院封鎖該樓層，謠傳陸星宇臉部嚴重變形。」

「陸星宇後援會會長公開喊話，要求經紀公司及院方出面說明。」

「特殊醫療小組召集人崔琳醫師發表公開談話：陸星宇生命跡象已

趨穩定。」

「陸星宇粉絲忙集氣，護士、醫師影迷自願加入醫療小組，院方婉拒。」

「快報！陸星宇短暫清醒，要求與私人律師談話。」

「警方連續查獲多名狗仔記者企圖買通清潔人員，偷闖陸星宇病房。」

「警方已加派人手於景和醫院，民眾抨擊：需要這麼勞師動眾嗎？」

「景和醫院前救護車與陸星宇粉絲後援會爆發衝突，院方怒斥：擔誤救人誰要負責。」

「旅美電影特效化妝大師沈顥庭急返台探望好友，會面長達半小時，沈表示：陸星宇需要絕對靜養。」

「盤點歷年事故毀容大明星，陸星宇不是唯一一人。」

「陸星宇經紀公司將於今晚召開記者會，粉絲痛批經紀公司危機處理不當。」

「記者會上投下震撼彈！陸星宇授權私人律師宣佈，因傷退出演藝圈，新片投資方跳腳，損失難以估計，瘋狂粉絲揚言自殺！」

□

那陣子，我的人生裡，就只有刷不完的新聞標題，還有後悔。

後悔自己莫名其妙的堅持，以至於走到今天這一步。

我為什麼沒有勇氣牽起陸星宇的手？

每分每秒每刻，我幾乎都在心裡重複著這個問題。

而我知道答案。

答案並不在於我對菲菲的歉意或者友情，我雖不願承認，但那些早已在我跟陸星宇愈走愈近逐一崩解潰散。我之所以無法走向陸星宇，是因為恐懼。恐懼我們只能走短短的一段，也許付出一切代價，能擁有的美好卻短暫而有限。我恐懼最後的結局，我害怕當自己奮不顧身之後，我們之間的愛有朝一日還是消逝，像是從指縫中流失的沙，最後只剩下似有若無的觸感，和空蕩的掌心。

我想保護自己。

結果迎接來無窮盡的痛悔。

如果當時我能勇敢一點，至少今天，我可以陪在陸星宇身邊。即使什麼都不做也無所謂，只要靜靜地看著他就好，只要能握住他的手，告訴他我愛他。

而不是只能靠著各式各樣的標題想像他，想念他。

很久很久以後

那位客人出現時，是我放棄編劇、開始在咖啡店工作剛滿一個月的時候——

「歡迎光臨。」我聽見門上掛的風鈴聲，從吧檯後方抬頭，一面擦乾手，一面走到櫃檯前，「您好，內用還是外帶？」

以相當瘦高的體態來看，來客應該是名男子，但看不出是不是東方人。在還不算冷的天氣裡穿著像《梟巢喋血戰》裡的亨佛萊．鮑嘉那樣的風衣還豎起領子，頭上也戴著在倫敦看起來很有 sense 但在台灣就很詭異的紳士帽，不但如此還戴著口罩、墨鏡、領巾和手套全副武裝。

基本上跟電影《隱形人》（舊的那部）裡的角色差不多，幾乎無法看到皮膚。

除了我之外，連平素面無表情冷若冰山的店長也不禁多看了這個客人幾眼。

「Double shots nonfat no foam Latte to go.」

客人開口，嗓音低緩，也許是隔著口罩的緣故，有些模糊，戴著手套的手從外袋口袋裡掏出了一張千元鈔。

從那天起，這個客人幾乎每天都會出現。

點單完全同樣，Double shots nonfat no foam Latte to go，而且不管什麼天氣，裝扮都沒有改變過。

對於像我們這樣的員工來說，其實也只有最初會成為話題。隨著次數增加，大家也就慢慢習慣了。反正開門做生意嘛，就算全裸跑來買咖啡，只要有帶錢又沒被警察抓，其實也沒有什麼理由不能賣給他嘛，對吧？

就這樣過了三個月，到了農曆新年前的某天晚上，店長幫女朋友去排隊買甜點，而副店感冒在家休養，店裡另一對情侶檔也有事早走之後，就剩我一個人收店了。

把三隻可愛的店貓照顧好，設定好暖氣，清理好貓砂之後，我從小倉庫連通的後門離開，鎖上門後我把保全系統打開，然後一面呼著氣，一面盡可能把圍巾拉高一些。

然後，那個打扮得像是《梟巢喋血戰》加《隱形人》綜合體的客人，站在不遠處的圍牆邊，向我點了點頭。

這是我第一次覺得他的裝扮不會不合時宜，畢竟在這陽明山都已飄雪降霜的超級寒流時分，這樣的打扮看起來保暖多了。

「不好意思，我們打烊了喔。」而且你今天不是已經來買過了嗎？才幾個小時不到哩。

客人走近我，摘下了墨鏡，一條細長的傷疤從他太陽穴延伸至眉骨附近。

他的聲音既熟悉又陌生，低而緩。

「好久不見。」

「你——」我捂著嘴，不然非尖叫不可。

在昏暗的路燈下，他脫下口罩，揚起笑。

那是我這輩子最喜歡最喜歡，曾經想否認逃避，但卻深深刻進我心裡的笑。

陸星宇深深地凝視我，我太訝異了，只是呆呆站著，我跟他就這樣在一點也不浪漫、不起眼的咖啡店後門相視無語。

我有好多好多的問題想問：你這段時間都去哪裡了、你好不好、你都在做些什麼、你——

而我唯一說出口的，卻是訝異之後的直覺疑問。

「你的臉……」

陸星宇指指那條不甚明顯的細長傷痕，「妳說的是這個嗎？」

「當然不是這個，報紙上電視上都說你嚴重毀容，而且就是因為你嚴重毀容，經紀公司才肯提前解除你的所有合約，不是嗎？！」我踮起腳想看得更清楚，但他那張依舊俊美的臉上確實怎麼看都只有那條根本上點粉就能蓋住的細淺痕跡。「──明明就說你嚴重毀容──而且，而且有狗仔拍到你毀容的樣子，所以你才能順利解約的！」

陸星宇拉起我的手，讓我的掌心貼在他頰上，「我是有受傷，不過只留下了這道傷口。如果去做磨皮手術，就可以完全恢復──妳希望我去嗎？」

我激動地捧著他的臉，「不用不用！你沒事就好，沒事就好。」

「傻丫頭，哭什麼。」陸星宇雙手拇指拂去我的淚水，「讓我好好看看妳，好嗎？這段時間，支持我完成這個計劃的唯一動力，就是妳。」

「……你這個大笨蛋！」我忽然覺得一肚子火，推開他，吸著鼻子抹著眼淚，「你知不知道我為了你難過了多久？！我再也不能當編劇了，因為只要想到你，我就一個字也寫不出來！」

「我大概知道。」陸星宇溫柔笑笑，「孫道賢一直都有和我聯絡，這個大計劃，也託他的福，才能順利完成的。」

我慢慢停住哭泣，「你從剛剛就在說計劃計劃，到底是什麼計劃？」

「徹底脫離演藝圈，讓大家都不會想起陸星宇這個人的計劃。」陸星宇執起我的手，「……我送妳回家，我們邊走邊說，好嗎？」

雖然我很想耍耍性子甩開他，但我已經不敢再任性了。

這像夢一樣的重逢太珍貴，我根本不敢相信這是真的，只好緊緊抓著他的手，怎樣都不放開，什麼尊嚴還是道德都無所謂了，我不管了。

陸星宇牽著我，跟我並肩走在長長的巷弄中，我的心跳飛快，而他只是時不時轉頭看我，然後輕笑。

「……你到底在笑什麼啦？」

「妳的臉，像個小花貓似的。」

「……我知道你老是嫌我不漂亮，你不是說過嗎，我是你吻過的女生裡長相倒數5％的，沒錯吧。」

陸星宇停下腳步，「那又怎麼樣?就算是倒數1％也無所謂啊。」

「喂！」

陸星宇將我拉入他懷中，雙手捧起我的臉，鼻尖對著我的。

「重點不是倒數幾%，也不是多少人比妳漂亮，重點是，我這輩子想吻的就只有妳一個——這，才最重要。」

The End

番外·星星的計劃

「我不是很懂你的意思。」孫道賢抽著菸，靠在陽台上，「什麼叫『完全脫離』演藝圈？你經紀約到期不續約就好了，不困難吧。」

我搖搖頭，「重點不是續約，而是更徹底的。我不希望所有人還想記得我、記住我。你應該知道，那種急流勇退的大明星很多人都還是被莫名其妙的謠言八卦纏身。」

孫道賢笑了，夾著菸，「我知道，劉文正嘛。雖然我也不知道他是誰，大概是我爸媽那個年代的吧。」

「對，沒錯，你看，連幾十年前的偶像都還有人在拿他炒作消息，要徹底斷開哪有這麼容易。」

孫道賢止住笑容，「你認真的？」

「是的。我已經想過了。」

「你又知道我一定會答應？說不定我直接把你說的話抖給經紀公司。」

「你不會的。」

「怎麼說？」

「直覺。」我想起她，但沒提起，「我知道你會是個值得信賴的朋友。」

孫道賢苦笑，帶著幾絲悲壯，「被情敵這麼說還真是悲哀耶。」

「那你加不加入？」

「別這麼急嘛，」他重重吸了幾口菸，「你先說說看是個怎樣的計劃。總之我可以保證，我不會出賣你的，你就說吧。」

我趴在陽台上，說道，「這個計劃需要適合的時間和人手，人，是最重要的部分。第一位勇士是我的律師，來自 Y&K 律師事務所，不必我說你也知道這家事務所的律師專精娛樂圈爛帳，法務相關和錢的問題，就交給他。」

「韓家兄弟？」

「我找的是弟弟。第二位，我的老同學，最重要也最需要保密的部分，就由他負責。」

「你同學？」

「沈顥庭，好萊塢各大片廠重用的特效化妝師。」

孫道賢看著我，「愈來愈有意思了，繼續說，我在聽。」

「第三位當然是你，需要一位熟知媒體和演藝圈，而且我又信得過的人控場，掌握全局，裡應外合。」

「那我豈不是很榮幸？」

「您客氣了。」我說道，「還有第四位。」

「還有啊？這次又是哪位高手？」

「豹哥，K傳媒的老大，豹哥。這次最關鍵的反向情報戰，就靠他了。」我說。

這時，總統套房的管家傳來通報，有訪客到了。

「沒經你同意我就邀了其他人來，很抱歉，不過，我認為這個計劃，沒辦法少了你們任何一個。」

「哇，現在是要演《瞞天過海》還是《天啟四騎士》嗎？」孫道賢頗具興味地笑著。

我微笑，「電影總是能給出人生啟示的，不是嗎？」

電影總是能給出人生啟示——

這是她教會我的，重要一課。

她大概沒想過，自己對我的影響，會是這麼深遠吧。

The End

後記

很感謝耐心看完這個故事的你／妳，特別是如果中途沒有摔書的話。

這個故事，重寫的幅度曾經突破百分之五十。主要修改的地方在於刪掉許多拍攝偶像劇的過程，如果大家曾經在本Xi的專頁上看過新稿試閱，應該就知道本Xi的意思了。另一方面，是刪掉太多沒必要的電影討論。其實刪的時候很心痛，不過本Xi在書裡提到的電影可能大家都很陌生，後來還是決定刪掉。

在寫這個故事時，本Xi曾經把大綱講給好朋友聽（平常很少這麼做），好友聽了之後試著勸阻本Xi不要寫。她說，陸星宇會被大家討厭的，明明有女朋友卻還掛記著別的女孩子。她說的一點也沒錯，可是，這也是某部分的現實，關於愛情的現實。

關於這部作品，本Xi不太想解釋太多。

不管是若紫、星宇還是菲菲，他們都是不完美的人。沒有誰是完美的。一定要說的話，在故事裡唯一沒犯什麼重大過錯的，恐怕只有道賢了。但是道賢也並非完美，這個故事有的只是某些人，某些事的投影。也許劇情發展或者角色的價值觀和你／妳不見得相同，也許看了還覺得生氣，或者不高興，但是本Xi希望，能藉著這個故事，讓大家看看愛情裡比較不常見的樣貌，不常見的方式。

故事就只是故事，純屬虛構，至於讀者朋友常常會問的：「這是不是妳自己發生過的事？」這個問題一如往常，本Xi可以在此回答：「某些情緒和情景是親身經歷過的，不過，當然不會告訴你們是哪些部分囉。」

喔，對了，如果你／妳是第一次看本Xi小說的讀者，這個故事裡一直提到的松兒、何慕桓、曾靖南，是本Xi另一部作品《從情書開始》裡的角色。

有任何意見都歡迎到本Xi的專頁留言，等大家來玩喔。

袁晞

All about Love / 30

有個秘密，叫初戀

國家圖書館出版品預行編目資料
有個秘密，叫初戀 ／ 袁晞 著.
— 初版. — 臺北市 ： 春天出版國際, 2017.05
面； 公分. —（All about Love ；30）
ISBN 978-986-94698-8-3（平裝）
857.7　　106006352

ISBN 978-986-94698-8-3
Printed in Taiwan

作　者　袁晞
總編輯　莊宜勳
企劃主編　鍾靈
責任編輯　黃郁潔
封面設計　三石設計

出版者　春天出版國際文化有限公司
地　址　台北市信義區信義路四段458號3樓
電　話　02-7718-0898
傳　真　02-7718-2388
E－mail　frank.spring@msa.hinet.net
網　址　http://www.bookspring.com.tw
部落格　http://blog.pixnet.net/bookspring
郵政帳號　19705538
戶　名　春天出版國際文化有限公司
法律顧問　蕭顯忠律師事務所
出版日期　二〇一七年 五月初版
定　價　180元

總經銷　楨德圖書事業有限公司
地　址　新北市新店區寶興路45巷6弄6號5樓
電　話　02-8919-3186
傳　真　02-8914-5524